DESTEK
yayınları

DESTEK MEDYA GRUBU

DESTEK YAYINLARI: 1440
EDEBİYAT: 430

METİN HARA / RÜZGÂR İLE KARAHİNDİBA

İmtiyaz Sahibi: Yelda Cumalıoğlu
Genel Yayın Yönetmeni: Ertürk Akşun
Yayın Koordinatörü: Özlem Esmergül
Editör: Özlem Esmergül
Son Okuma: Devrim Yalkut
İllüstrasyonlar: Angela Esin Özbek
Kapak Tasarım: Eser Mirtani
Sayfa Düzeni: Cansu Poroy
Sosyal Medya-Grafik: Tuğçe Budak - Mesud Topal

Destek Yayınları: Nisan 2021
Yayıncı Sertifika No. 13226

ISBN 978-625-441-216-5

Abdi İpekçi Caddesi No. 31/5 Nişantaşı/İstanbul
Tel. (0) 212 252 22 42
Faks: (0) 212 252 22 43
www.destekdukkan.com
info@destekyayinlari.com
facebook.com/DestekYayinevi
twitter.com/destekyayinlari
instagram.com/destekyayinlari
www.destekmedyagrubu.com

Destek Dukkan

Deniz Ofset – Çetin Koçak
Sertifika No. 48625
Maltepe Mahallesi
Hastane Yolu Sokak No. 1/6
Zeytinburnu / İstanbul

DESTEK yayınları KARAKARGA BEYAZ BAYKUŞ genç DESTEK

METİN HARA

Rüzgâr ile Karahindiba

Aşk ve masumiyet
karanlığa meydan okuduğunda
uyanış başlayacak...

DESTEK yayınları

Başka bir
dünya
mümkün...

İnsanagüven Youtube

Sevgili Leo,

Bu kitabı sen ve arkadaşların için yazdım.

Ama sen okuyasın diye değil.

Senin büyümekte olduğun yıllarda yetişkinler okusun,

senin ve arkadaşlarının gülümsemesini çalmasınlar diye...

Eğer bir yetişkin sana saçmaladığını söylerse

ona "Rüzgâr ve Karahindiba'ya da saçma demiştiniz!" diye haykır.

Eminim o yetişkin ne söylediğini anlamayacaktır

ama emin ol ki biz anlarız.

Günün birinde içindeki çocuğun ölmeye başladığını hissedersen,

aç bu kitabın kapağını...

Ve her zaman bir karahindiba kadar masum

Bir rüzgâr kadar özgür ol...

Öyle bir yaşam sür ki

Kendi hikâyen olsun lütfen...

Kim bilir Leo

Belki de o hikâyede

güneş hiç batmaz.

1. Adım

Karahindiba: Kitap okumak ne demek?

Rüzgâr: Bir hayalde kavuşmak demek...

Kalp nasıl oksijene, kana ihtiyaç duyarsa, gönül de sihre ihtiyaç duyar. Yaşamın tekdüzeliğine isyandır aslında. Her yaranın merhemidir. Bütün güzel masalların da yapıtaşıdır aynı zamanda. Tüm bilgelerin mabedidir gönül...

Ne saklarsın gönlünün içinde?

Nasıl bir sihir var o güçlü ama esnek duvarların ardında?

Bir tutam aşk mı?

Âlemlerin sırrı mı?

Nedir seni bu kadar kudretli yapan?

Bir karahindibanın umudu...

Bir rüzgârın kırgınlığı...

Ve bir tutam masumiyet...

1
2
3
4
5
6
7
8
9
10
11
12
13
14
15
16
17
18
19

Rüzgâr ile Karahindiba

Karahindiba, o cılız gövdesine, kısacık boyuna ve tecrübesizliğine rağmen hiç farkında değildi nasıl bir sihre sahip olduğunun.

Yine kıpır kıpır olmuştu içi, çiçekten çiçeğe uçuşan arıları görünce. Günden güne arıların azaldığını görmek onu endişelendirse de, bu vızıltıyı işitiyor olmak yeryüzünün en güzel şarkısını dinlemek gibiydi...

Karahindiba ovanın en geveze çiçeği olarak nam salmıştı. Sürekli şarkılar söyler, herkese masallar anlatır dururdu.

Eh biraz da hayalperestti tabii... Varsa yoksa hep gökyüzü... O kısacık boyuyla, köklerinden sımsıkı bağlı olduğu toprağa rağmen bulutların arasında seyahat etmeyi düşlemek de neyin nesi?

Ah Karahindiba!

Sen kim, o en yüksek dağa ulaşmak kim?

Hayal işte...

Belki de hiçbir zaman gerçekleştiremeyeceği bir hayalin peşinde koşup durmaktı onunki...

Bulutlara düşkünlüğü de bu yüzden belki... Belki uçabildikleri için düşkündü onlara belki de kendine benzedikleri için...

Kafasını göğe çevirir, "Bir gün size sarılıp sizi dıp dıplayacağım pofuduk bulutlar" diye düşünüp dururdu çok zaman.

Onun bu hayalciliğinden bıkmıştı ovadaki arkadaşları. Haksız da sayılmazlardı hani. Ufacık bir karahindiba bulutlara nasıl ulaşabilirdi ki?

Karahindiba inatçılığıyla da tanınırdı oralarda. Ne olursa olsun kimse çalamazdı hayallerini. Toprağa köklerini saplamış, dış görünüşleriyle kafayı bozmuş bitkiler anlayamazlardı onu.

"Bulutlar!" diye seslendi gökyüzüne bakarak. "Hey tombik kuzu bulutu! Biraz yaklaş da seveyim seni..." diyerek yapraklarını açıp beklemeye başladı. Bulutlar ise Karahindiba'yla pek oynamaya gönüllü görünmüyordu. Kesin gevezeliğinden kaçıyorlardı.

"Yine bulutlara sataşmaya mı başladın sen Karahindiba?" diye sordu Gül. "Bulutlar bitkilerle konuşmaz Karahindiba. Bitkiler narin canlılardır. Mis gibi kokularıyla yeryüzünün en güzel canlılarıdır onlar. En güzel bitkiler de güllerdir" dedi gururla...

Karahindiba Gül'ün bu tavrından hiç hoşnut değildi. Bitkiler narin canlılarmış. Hıh! Hayat hakkında hiçbir şey bilmiyordu şu bitkiler...

Ovada işler pek de yolunda gitmiyordu uzun zamandır. Çiçekler eskisi kadar canlı değildi sanki... Renkleri soluk, boyunları büküktü... Oysa ova demek, rengârenk çiçekler demekti. Tombik arıların uçuşması demekti...

Ne var ki karşı taraftaki dere bile durgundu artık... Üstelik rengi de bir garipti. Nerede o mavili, beyazlı gürül gürül suları? Şimdi koyu renk garip bir suyu vardı... Ah bir de kötü kokuyordu ki sorma gitsin. Sincapların bile başı dönüyordu kokudan. Ova yavaş yavaş ölüyordu...

Kibirli Gül'ün bu çıkışı yine derin düşüncelere itmişti Karahindiba'yı. Bir kez daha başını kaldırıp baktı gökyüzüne. Öğleden sonra yine kapkara olacaktı buralar. Gün doğarken bir parça güneş vuruyordu ovaya. Sonrası karanlık, sonrası sıkıntılı ve kasvet dolu...

"Bu gri bulutlar... Güneşimizi yuttu..." dedi Karahindiba sessizce... Ve devam etti:

"Şu kadarcık güneş, şu kadarcık temiz hava nasıl yetsin bize? Bak boynumu kaldırıp bulutları izlemek bile zor gelmeye başladı artık. Biri gidip güneşle konuşsun. Böyle erkenden çekip gitmesin. Yoksa ovada çiçek kalmayacak. Ayrıca dereyle de konuşmak lazım. Suyu temiz akmazsa yakında hayvanlar da gelip geçmeyecek buradan. Bütün ova karanlıklar altında kalacak. Tüm canlılar ölecek..."

Derin bir iç geçirdi Karahindiba. Bu sorunun çözülmesi lazımdı. Böyle gitmezdi daha fazla...

Neden bilinmez, erken saatlerde yok oluyordu artık güneş. Dere de hastaydı sanki... Havadaki bu kesif koku, geçmek bilmiyordu ne zamandır. Havasızlık, susuzluk, güneşin de yokluğuyla iyice hasta etmişti güzelim ovayı.

Haylaz güneş, kim bilir hangi ülkeye kaçıp gidiyordu. Kim bilir nereleri ısıtıp, ışıl ışıl aydınlatıyordu. Minicik bir karahindibanın, çiçek dostlarıyla birlikte onu özlemle beklediğinden habersizdi herhalde.

Al işte...

Parlak ışık çekilmeye başladı gökyüzünden. Serin ve ruhsuz gri bir örtü serildi ovaya. Güneşin başka arkadaşları olmalıydı muhakkak. Bütün vaktini onlarla geçirmek için kaçıyordu. Buradaki canlıları sevmiyordu artık yeterince...

"Güneş neden sevmiyor artık bizi?" diye kara kara düşünmeye başladı Karahindiba.

Kendini pek umutsuz, yorgun ve cansız hissediyordu şimdi. Ne neşesi kalmıştı ne coşkusu... Şarkı söylemek de gelmiyordu içinden.

"Haylaz Güneş! Lütfen dön artık! Hep uyuyacak değiliz ya! Bu kadar bencil olma..."

Karahindiba'nın yakarışlarını uzaktan duyuyordu Dere... Duydukça derin düşüncelere dalıyordu o da. Belli ki küçük dostu, artık hiçbir şeyin eskisi gibi olamayacağının farkında değildi...

Bu inatçı bitkiye nasıl anlatacaktı fabrikayı?

Derin bir iç çekip, köklerine kadar sokuldu Karahindiba'nın.

"Güneş her zaman doğar minik prenses..." dedi. "Onu göremiyor olman doğmadığı anlamına gelmez ki."

"Baksana gökyüzüne ne kadar da gri..." dedi Karahindiba. "Güneş gelmiyor artık. Sabah saatlerinde gece oluyor. Sanki sen görmüyorsun bütün bunları. Sanki bir tek ben görüyorum."

"Ah minik Karahindiba..." dedi Dere. "Gözlerine güvenme. Onlar yalan masallar anlatırlar nicelerine."

"Hah! İşte bu çok saçma" diye çıkıştı minik Karahindiba. Umutsuz cümleler hiç iyi gelmiyordu ona.

Tam bu sırada telaşlı mı telaşlı bir rüzgâr esmez mi?

Sanki birilerinden kaçıyor, sanki peşinde azılı bir düşman... Nasıl da korku dolu ve kuvvetli bir esinti bu böyle?

Vuuuvvv!

Vuuuvvv!

Öyle hırçın, öyle sert ve kontrolsüzdü ki içine aldığı her şeyi oradan oraya atıp duruyordu. Toprak zeminin üzerinde geniş toz daireleri oluşturarak yaprakları, taşları ve tırtılları içine alıp döndürmeye başladı havada. Her şeyi rasgele savuruyordu etrafa...

Karahindiba'nın da başı yere çarpıverdi bu sırada. Tam kafasını kaldırdığı sırada havada uçan taşlardan biri de gelip yüzünün orta yerine yapışmaz mı!

"Ah!" diye çığlık attı Karahindiba... "Hey mızıkçı Rüzgâr! Biraz dikkat etsene... Biz de varız burada!" diye bağırdı.

Rüzgâr kendinden geçmiş gibiydi adeta, kimseyi duymuyordu. Şiddetini giderek artırıyordu eserken. Bir şeyden kaçıyordu sanki... Dere'nin başına gelerek suda hortuma benzer uzun bir halka oluşturmuştu ki Dere, bir anda donduruverdi suyunu havada. İkisi de hareketsiz kalıverdiler bir an.

Böylece suyun içine hapsoldu Rüzgâr.

"Sakin ol asi çocuk..." diye kulağına fısıldadı Dere. "Karahindiba'ya ne kadar zarar verdiğine bak. Gücünü kontrol etmeyi öğrenmelisin!"

Dere suyunu çözdüğü an Rüzgâr da özgür kaldı. Hırçınlığı azalmıştı biraz... Hafif bir esintiye dönüştü çok geçmeden. Yine de ürkek ve tedirgin bir esintiydi bu...

"Karanlık..." dedi Rüzgâr cılız ve küskün bir sesle. "Karanlık geliyor."

Anlaşıldı!

Demek bu yüzdendi bütün hırçınlığı...

"Belli ki güneşin yokluğu Rüzgâr'a da iyi gelmiyor..." diye düşündü Dere. "Git Karahindiba'dan özür dile" dedi.

Karahindiba da yaprağında renkli bir tırtıl tutmuş onu avutuyordu... "Tırtıldan da özür dile... O da çok korkmuş" diye çıkıştı...

"Ben kimseden özür dilemem" deyip yeniden hareketlendi Rüzgâr. Daireler çizerek esmeye başladı tekrar. "Ben rüzgârım rüzgâr. Benim doğam bu. Estiğim için kimseden özür dileyecek değilim."

"Öfken yatışırsa korkun da geçer yaramaz çocuk..." dedi Dere. "İstemeden de olsa canını acıttığın birinden özür dilemelisin."

Pofff!

Ne garip bir konuşması vardı bu Dere'nin. "Fabrikanın zehrinden kafayı yemiş!" diye düşündü Rüzgâr. Yine de Dere büyüğü sayılırdı onun... Tekrar düşündü ve Karahindiba'nın yanına giderek etrafında hafifçe esmeye başladı.

Onu okşarcasına selamlayarak, "Beni affet..." dedi. "İnan yaralanmana ben sebep olmadım. Her şey karanlık yüzünden oldu."

"Hiç başkasını suçlama!" dedi Karahindiba. İnce uzun yapraklarından biriyle yüzünü ovuşturup dururken tırtılı da koruyordu diğer yaprağıyla... Çok korkmuştu ikisi de belli ki...

"Kızdırma bak beni yine eserim. Özür diledim ya işte."

"Es hadi es... Tırtılla ben de sana yapacağımızı biliriz" dedi tehditkâr bir tavırla.

"Geveze bir karahindibayla tırtıldan korkacak değilim."

"Sen fazla korkaksın bence. Karanlıktan bile korkuyorsun şu haline bak!"

Karahindiba'nın sözleri dondurmuştu Rüzgâr'ı. Birkaç damla yağmur düştü toprağın üzerine... Yine karanlığı hatırlamıştı işte. Fakat bu kez öfkeli değildi. Hüzünlü bir hal vardı üzerinde. Yalnız ve çaresiz...

Rüzgâr'ın durgunluğu Karahindiba'nın aklını başına getirdi. Canının acısıyla Rüzgâr'a karşı çok da nazik davranmadığını fark etti.

"Şey..." dedi yüzü kızararak. "Seni üzmek istemedim Rüzgâr. Karanlıktan korktuğun için utanmana gerek yok. Çünkü bazen ben de karanlığın uzayıp gitmesinden korkuyorum. Güneş'in çok işi var. Ne zamandır bize uğradığı yok."

Rüzgâr neredeyse hiç esmiyordu artık. Yaprak kımıldamıyordu ovada. Hırçınlığından eser kalmamıştı şimdi.

Karahindiba devam ediyordu anlatmaya. "Buralar hep karanlık. Havada pis bir koku ve duman var. Sular da artık simsiyah... Çiçekler hasta. Hayvanlar bitkin..."

"Güneş'in işi falan yok" dedi Rüzgâr. "Fabrika bu!"

"O da ne?" diye sordu Karahindiba.

"Biliyorum ben bunu..." dedi Rüzgâr. "Fabrika! Yakında bir fabrika var. Yetişkinler kurdu orayı... Her şeyi yaktılar yıktılar kurarken. Soğuk demir sütunların arasında estim epey bir süre... Ama onları durduramadım yine de... Bacaları bir canavarın ağzı kadar geniş. Karanlık, dipsiz bir kuyu gibi... Her şeyi yutabilir. Pis kokulu bir duman püskürtüyor nefesini verirken... Altından siyah sular akıyor. Dere'deki bulanıklık onun zehri biliyorum ben" diye devam etti Dere'yi işaret ederek.

"Zehir!" diye tekrarladı Dere... "Daha ne kadar dayanabilirim bilemiyorum. Ben ölürsem bu ova da ölecek..."

Karahindiba hüngür hüngür ağlamaya başladı o an.

Rüzgâr da üzgündü. "Ben o kara bulutları dağıtmak için esiyordum işte. Ne kadar esersem eseyim o dev bacalar sağır edici bir gürültüyle öksürüyorlar siyah dumanlarını... Ne kadar essem de olmuyor... Yetmiyor..."

"Keşke elimden bir şey gelebilseydi" diye düşündü ama ne çare? Çaresizlik onu kahrediyordu.

"Bence Güneş huysuzluk yapmayıp biraz daha bizimle ilgilense iyileşirdi herkes..." dedi ve düşünmeye başladı Karahindiba. Bir anda "Mesela güneşi batmayan bir ülke var mıdır?" diye sordu. "Güneş batmazsa hiçbir şey yok olmaz" diye düşündü.

Rüzgâr donakalmıştı. Duyduklarına inanamıyordu. İlk kez bir başkasının ağzından dökülürken işitiyordu Güneşi Batmayan Ülke'yi.

Gecelerden kaçardı Rüzgâr. Bu yüzden hayallerini gündüzleri kurardı. Gözleri açık hayal kurmak zorunda kalanların laneti vardı üzerinde... Bir dünya dolusu vahşetin üzerine cenneti çizmek çok zordu... Ama kapatamazdı gözlerini... Ne de olsa karanlığı sevmezdi... İşte bu yüzden Rüzgâr vahşete her tanık olduğunda, her çocuk bir şekilde masumiyetini yitirdiğinde yağmur çiselerdi yeryüzüne...

"Bu nasıl olabilir?" diye düşündü. Heyecandan ve kafa karışıklığından duramadı yerinde, Karahindiba'nın tepesinde esip durdu...

"Ne dedin sen?" dedi sesi titreyerek. "Bir daha söyle. Ne olur bir daha söyle..."

Sadece başkasının dilinden de duyabilme arzusuydu bu... Kendi kalbine hapsolmuş bir hayal başkasının da hayali olabilir miydi? Artık gizlemek zorunda kalmadığı hayalini paylaşabildiğinde yalnızlığı sona erebilirdi.

"Ne dedim ki?" diye şaşkınlıkla mırıldandı Karahindiba. Rüzgâr'ı bu denli sarsacak ne demiş olabilirdi ki?

"Güneşi Batmayan Ülke dedin, duydum..." dedi Rüzgâr. "Buna inanıyor musun sahiden? Güneşi batmayan bir ülke olabilir yani değil mi?"

"Mümkün değil!" diye araya girdi Dere. "Güneş ille doğar ve batar. Bazen erken uyanabilir bazen de geç uykuya dalabilir ama muhakkak gider."

Böyle konuştuğu için Dere'ye kızıyordu Rüzgâr içten içe. Karanlıktan korktuğu kadar hayatta hiçbir şeyden korkmazdı. Ama Güneşi Batmayan Ülke'ye hiçbir canlının inanmaması onu yalnızlığa sürükleyip durmuştu şimdiye kadar.

Bir umutla dünyanın dört bir yanında esip duruyordu işte. Topraktan bir an olsun ayrılmamış küçücük bir karahindibanın da inanması, eşsiz bir umut ışığı yakmıştı içinde. "Küçük Karahindiba bile Güneşi Batmayan Ülke'yi hayal edebiliyorsa, kesinlikle böyle bir ülke var dünyada" diye söylendi kendi kendine.

"Boşuna saçma hayaller kurmayın!" diye çıkıştı Dere.

"Ama var öyle bir yer!" dedi Rüzgâr. "Sen bu ovanın dışındaki dünyayı bile bilmiyorsun. Ben rüzgârım istediğim yere esebilirim. Tüm dünyayı gezebilirim."

Rüzgâr'ın çok yerler gezip görmüş olması Karahindiba'yı iyice heyecanlandırmıştı.

"En yüksek dağı gördün mü peki?" diye sordu. "Öyle bir yer var mı?"

"Olmaz olur mu?" dedi Rüzgâr. "Henüz gitmedim ama Okyanus'tan aldım haberini..."

Karahindiba köklerini koparacakmış gibi zıplamaya çalıştı yerinde. "Tabii ya..." diye düşündü. "Hayalini kurabiliyorsam, bu mümkün olabileceği içindir zaten. Biliyordum... En yüksek dağ diye bir yer de var, olmalı yani."

Rüzgâr, bu konunun neden heyecan verici olduğunu merak ediyordu tabii... Hayatı boyunca bağlı olduğu toprağı terk edemeyecek bir çiçeğin yüksek dağ hayali kuruyor olması çok da akıl kârı değildi.

"Ne yapacaksın ki sen en yüksek dağı?" diye sordu dayanamayıp.

"Oraya gideceğim ben... Gökyüzüne en yakın yere gideceğim. Oradan bulutlara ulaşmam daha kolay olur. Böylece uçma şansım daha da artar."

"Sen mi uçacaksın en yüksek dağdan aşağı?" dedi Rüzgâr alaycı bir tavırla...

Gülmemek için zor tutuyordu kendini ama Karahindiba'nın yüzündeki ciddiyeti görünce kocaman bir kahkaha patlatıverdi. Ortalık bir anda toz bulutuna döndü yine.

Hayal kurmak güzeldi elbette ama imkânsız diye de bir şey vardı. Bir çiçeğin kanatlanıp uçması mümkün değildi. Topraktan koptuğu an cansız düşecekti, yaşayamayacaktı ki... Bir saçmalığı düşlemek fazlasıyla komik geliyordu Rüzgâr'a. Yine de Güneşi Batmayan Ülke'ye inandığı için önünü kesemediği bir yakınlık duymuştu ona. Bu yüzden canını çok da sıkmak istemedi.

"Özür dilerim..." dedi. "İmkânsız bir düş bu ama yine de çok güzel... Toprağa bağlı olmasaydın, gökyüzüne çok yakışırdın gerçekten..."

"Ben gökyüzüne aitim zaten..." dedi Karahindiba burnu havada. "Toprakta doğmuş olabilirim ama bulutların beni beklediğini biliyorum. Ne olursa olsun bir gün ulaşacağım onlara, göreceksin..."

Rüzgâr, kendinde unuttuğu bir şey keşfetmişti Karahindiba'da...

Tutku...

Ondaki bu tutku, bu inanç korktuğu karanlıkları bile yırtabilirdi. Şüphesiz ki Karahindiba'nın tutkusu ilham vericiydi...

"Güneşi batmayan bir ülke olabilir gerçekten değil mi?" diye sordu Rüzgâr. "Buna inanıyor musun sahiden?"

"İnanıyorum..." dedi Karahindiba. "Bir gün gökyüzünde uçacağıma nasıl inanıyorsam, güneşi batmayan bir ülke olduğuna da inanıyorum."

Rüzgâr'ın içine bir umut doğmuştu işte. Güneşi Batmayan Ülke'yi bulursa karanlık korkusundan kurtulabilirdi. Kâbus dolu uğultulu karanlıklar sona erebilirdi böylece. Bir daha hiç huzursuzluk hissetmezdi. Hayatının sonuna kadar mutlu ve güvende yaşardı.

"O halde hoşça kalın..." dedi Rüzgâr. "Benim bir an evvel gitmem lazım. Güneşi Batmayan Ülke'yi bulacağım."

"Ben de geleyim seninle!" diye seslendi Karahindiba. "Beni o en yüksek dağa götürürsen ben de sana Güneşi Batmayan Ülke'yi bulman için yardım ederim."

Bir an durup düşündü Rüzgâr. Karahindiba'nın tutkusunu yanında isterdi kuşkusuz, ne var ki kökleri olan bir bitki, köksüz bir rüzgâra engel olmaktan başka bir işe yaramazdı. Yavaşlatırdı onu.

"Olmaz..." dedi Rüzgâr. "Sen köklüsün. Bense köksüz... Birlikte yol alamayız. Hem topraktan koptuğun an cansız düşersin. Kendine bunu yapma."

Karahindiba ısrarcıydı. Ne olursa olsun geri adım atmıyordu.

"Sen karanlıktan korktuğun için kaçıp duruyorsun. Ben de toprağa bağlı kalmaktan korkuyorum... Sana ihtiyacım yok benim. Kibrinden önünü görmüyorsun."

Rüzgâr bir an duraksadı... Koskoca dünya onu kendi hayaline hapsetmemiş miydi? O da yalnız hissetmiyor muydu sanki? Şimdi ufacık bir karahindibanın hayalinin yere düşüp parçalanmasına izin veremezdi. Hem yalnızlığını paylaşmak ona da iyi gelebilirdi.

Öyle ya, yalnızken karanlıkla baş edemiyordu Rüzgâr... Yol boyunca bitmek bilmeyen karanlıklar yaşayacaktı belki. Ya güneşi doğmayan bir ülke çıkarsa karşısına ne yapardı? Karahindiba dediği gibi yol arkadaşı olabilirdi ona, tutkusuna da çok ihtiyacı vardı ayrıca.

Yine de buna rağmen boynunu eğmedi Rüzgâr önce.

"Olmaz..." dedi. "Sen çok yavaşsın. Senin yüzünden karanlıktan kaçmam uzun sürebilir. Bunu göze alamam. Hem topraktan nasıl ayrılacaksın ki?"

"Dünya kocaman bir toprak parçası sonuçta..." dedi Karahindiba. "Bir avuç toprakla bile yolculuk edebilirim. Sen beni sürükleyebilecek kadar güçlüsün. Ben de seni karanlıktan korurum. Bence bir daha düşün!"

"Birlikte vakit geçiremeyiz biz..." dedi Rüzgâr burnu havada. "Hem ben yanımda kimseyi taşıyamam... Özgürüm ben... Hızımı kesecek hiç kimseyle yol alamam..."

"Ben de sana kalmadım..." dedi Karahindiba. "Ben de özgür bir çiçeğim... Toprağa bağlı olsam da gökyüzüne aitim. Bir gün orada göreceksin beni. Hepiniz göreceksiniz. Ben de karanlıktan korkan hırçın bir rüzgârla uğraşamam. Karahindiba olarak ben de hafif ve yüksüz olmalıyım."

İkisi arasındaki bu çekişme sürüp giderken Dere araya girdi.

"Eğer ortak bir amacınız varsa birlikte yol almak iyi gelebilir ikinize de..." dedi dostça. "Rahatınızdan ödün vereceksiniz tabii ki. Keyfiniz hiç bozulmasın istiyorsunuz. Ama her şey hep bildiğiniz gibi, istediğiniz gibi gitmez çocuklar. Bilinmezi göze almak zorundasınız. Alıştığınız gibi olmayan şeylerle tanışmak zorundasınız. Çünkü yol bunu gerektirir. Doğa farklılıklarla savaşmaz. Bunu ancak ahmak insanoğlu yapar. Doğada farklılıklar birbirini tamamlamak için vardır. Bir düşünün... Siz insan mısınız?"

Doğada iki tür insan vardır.

Yetişkinler ve çocuklar...

İkisinin aynı ırktan olabileceğine asla inanılamaz... Biri hayal tezgâhıdır diğeri hayal katili...

Şüphesiz ki Dere "İnsan mısınız?" diye sorarken yetişkinlerden bahsediyor olmalıydı. Zira çocuklar asla bu kadar aptalca davranmazlardı.

Dere haklıydı sanki... Karahindiba da Rüzgâr da derin bir sessizliğe gömülüp düşünceye çekildiler.

"Hem o kadar da farklı değilsiniz aslında... İkiniz de yeryüzündeki tüm keçilerden daha inatçısınız. Garip hayaller kurup durursunuz" diye devam etti Dere.

Uzun uzun sustular karşılıklı...

Biri köklenerek güvende kalıyordu diğeri kaçarak...

Sonunda ikisi de bir karara vardılar.

"Tamam..." dediler. "Yola çıkmaya değer."

Birinin kalbinde Güneşi Batmayan Ülke...

Diğerinin kalbinde en yüksek dağ...

Yalnızlıklarını, korkularını paylaşan iki masum canlı...

Kim bilir
belki de varacakları yer değil de
yolun tam da kendisiydi
masalları değerli kılan...

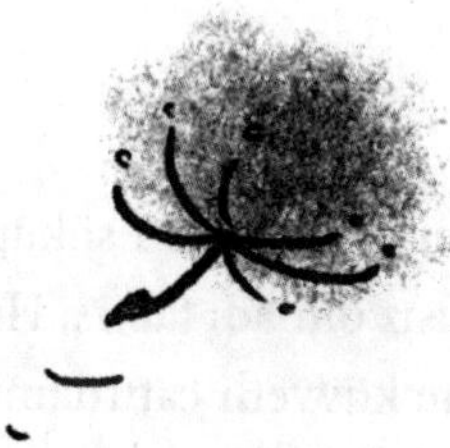

Karahindiba: Güç nedir sence Rüzgâr? Hiç korkmamak mıdır?
Rüzgâr: Hayır Karahindiba. Korktuğundan "bir karahindiba tüyü" kadar fazla inanmaktır hayaline.

Karahindiba'nın köklerini yerinden söküp toprak üzerinde hareketlenmesi çok da ağrısız olmadı tabii... Hatta vazgeçmeyi bile düşündü bir an. Öylesine kuvvetli çatırdamıştı ki o incecik bağları, Rüzgâr bile istemsizce "Ah!" deyiverdi onu izlerken.

"Belki de yapmamalısın bunu Karahindiba..." dedi. "Sen bir çiçeksin ne de olsa. Köklerinle sabitlenmişsin buraya. Ait olduğun yer toprak."

Bu söz Karahindiba'nın hiç hoşuna gitmemişti. Bu ovada güneşi ilk gördüğü andan beri her arkadaşı, her çiçek, her canlı ona aynı cümleyi tekrarlayıp durmuştu:

"Sen bir çiçeksin ve köklerinle bağlısın toprağa. Bu yüzden gökyüzüne değil, toprağa aitsin..."

Karahindiba bir an duraksadı. Gözlerinin tanık olduğu, kulaklarının duyduğu gerçek kalbinin kurduğu hayali boğmaya başlamıştı. Gözlerini kapadı ve hem bulutları düşündü hem de en yüksek dağı...

Bir hayal uğruna değer miydi bunca emeğe ve sayısız tehlikeleri göze almaya?

Etrafındaki diğer çiçekler hiçbir zaman görmemişlerdi onun gördüğü hayali... Bu yüzden sonunun ölüm olduğunu düşündüler hep topraktan kopmanın... Tüm çiçeklerin korku dolu bakışları üzerindeydi. İçinden cılız bir ses yükseldi: "Hayaline ihanet ettiği gün ölür bir canlı, özgürlüğü seçtiğinde değil..." İşte o an çatlamaya başlamıştı toprak.

Acıyla da olsa kuvvetlice sağa sola bükülüp sallanmaya başlayan Karahindiba, topraktan kopuverdi bir anda. Yuvarlandı derenin kıyısına kadar. Azcık toparlandığında kendi bile inanamadı, doğduğundan beri yerinden kımıldamadan izlediği ovayı şimdi boylu boyunca dolaşabilirdi...

"Özgürüm!" diye bağırdı çocuksu bir coşkuyla. Oysa hâlâ sızlıyordu her yanı. Ne var ki hiçbir önemi kalmamıştı çektiği sancıların. "Ben özgür bir karahindibayım..." diyordu sürekli. "En yüksek dağa, uçmaya geliyorum."

Yaprağını göğe doğru uzattı ve "Bekleyin beni pofuduk bulutlar..." dedi.

Rüzgârsa nutku tutulmuş gibi izliyordu Karahindiba'yı... Çektiği acıya rağmen gösterdiği bu kararlılık hayranlık uyandırmıştı onda ama yine de ufacık bir bitkiyi övmeyecekti tabii ki. Elbette çok şaşkındı. Bu kadar ufak ve narin bir canlı nasıl olur da bu kadar büyük bir cesaret gösterebilirdi, hayret doğrusu... İçine doğan hayranlık bir anda kıskançlığa dönüştü... Kudretli Rüzgâr karanlıktan korkarken ufacık bir karahindiba toprağa meydan mı okuyordu?

Yok artık.

Kıskanmış gibi bir tavırla "Dünyayı da sen kurtar bari tek başına..." dedi. "Elin değmişken şu yanı başınızdaki fabrikayı da kaldır yerinden."

"Gerek yok..." dedi Karahindiba nahif bir şımarıklıkla. "İsteseydim yapardım ama uğraşmayacağım. Başka işlerim var benim..."

"Benim de öyle" dedi Rüzgâr. Zaman ilerledikçe huzursuzluğu artıyordu. Kaygılı bir esintiyle ovayı dolanıp geldi hemen. "Yola düşelim bir an evvel karanlık çökmeden..." dedi. "Malum senin bu hızla ilerlemen çok geciktirecek bizi çok."

Bu eleştiriyi duymazdan gelip Rüzgâr'ın peşine takıldı Karahindiba coşkuyla. Toprağın üzerinde kayıyordu adeta. Beyaz bir tüle benzeyen narin başını sağa sola çevirip etraftaki bitkilere yaprak sallayarak veda ediyordu. Bunca zamandır her an karşısında şırıl şırıl akıp duran Dere'yi bile ilk kez bu kadar yakından görüyordu. Kıyısından geçerken havalı bir selam çaktı eski dostuna. Yaprağını değdirdi suyuna. Sahiden de suyunun bulanık olduğunu görünce üzüldü.

"İyi yolculuklar..." dedi Dere, küçük dostuna. "Seninle gurur duyuyorum Karahindiba. Benim hareket kabiliyetim seninkinden fazla olduğu halde, burada durup zehirlenmeyi beklemişim. Birilerinin gelip bizi kurtarmasını ummuşum. Kendi kendime konuşup ahkâm kesmişim sadece. Oysa sen harekete geçtin. Sen köklerini topraktan koparıp düştün yola..."

Dere'nin kendiyle yüzleşmesini çok cesurca bulmuştu Karahindiba. Üstelik duyduğu bu destekleyici sözlerle sanki daha güçlü hissetmeye başlamıştı kendini. Köklerindeki acı bile diner gibi olmuştu.

"Senin de bir hayalin olmalı..." dedi Karahindiba. "Ama durup geçekleşmesini beklediğin bir hayalden söz etmiyorum. Seni yola düşürecek, emeğini sunacağın, kendini adayacağın bir hayalden söz ediyorum."

Dere düşünceliydi... Cılız bir cümle sessizliği bozdu sonra. "En yüksek dağa ulaşırsan eğer... Bak bakalım oralarda bir dere var mı, suyuna zehir akmayan?"

"Tamam. Söz veriyorum dediklerini yapacağım. Seni çok seviyorum Dere... Bu ovada beni azıcık da olsa anlayan bir sen vardın."

"Bence siz çok gevezesiniz..." dedi Rüzgâr sıkıldığını açıkça belli ederek. "İstersen sen burada kalmaya devam et, birbirinizi övüp durun günlerce. Ama benim vaktim yok. Hava kararıyor."

"Tamam, tamam..." dedi Karahindiba. Süzülmeye devam etti toprağın üzerinde. "Mızıkçı Rüzgâr..." diye mırıldandı kısık bir sesle...

Rüzgâr eserek ittiriyordu Karahindiba'yı. Böylece biraz daha hızlandılar. Çok geçmeden ovayı geçip dere yoluna girdiler bile. Karahindiba gördükleri karşısında duyduğu şaşkınlığı gizleyemiyordu.

"Vaaavvv! Uff beee! Hey şuna bak!"

Gördüğü her şeyi yapraklarıyla işaret ediyordu Rüzgâr'a.

"Gördüm Karahindiba, gördüm..." diyordu Rüzgâr sürekli. "Hepsini gördüm. Rüzgârım ben. Fazlasını da gördüm. Çattık ya! Her şeyi ilk kez yakından gören biriyle konuşulmuyor hiç. Onu gördün mü, bunu gördün mü?"

"Mızıkçı Rüzgâr! Sen her şeyi bildiğini söyleyip duruyorsun. Söylesene bilmek tam olarak ne demek?"

Rüzgâr bu soruyu cevaplamaya çok da istekli olmadığını belli edercesine mırın kırın etti önce. "Bilmek tanımak demektir" dedi sonra.

"Ama birini sevmeden, onu gerçek anlamda nasıl tanıyabilirsin ki?"

Rüzgâr, durdu bir an... Bu ufacık karahindiba ne saçma konuşuyordu öyle? Sevmesine severdi tüm canlıları ama onlar da sever miydi ki Rüzgâr'ı? İşte bunu bilmiyordu...

"Birini tanımak için onu sevmek gerekir..." diye tekrarladı içinden. "Hımmm..." diyerek derin bir soluk aldı.

Kim bilir
belki de her estiğinde en çok kendinden kaçan rüzgâr
kendini sevmeyi de öğrenirdi bu yolculukta...

Karahindiba: Arkadaş olmak nedir Rüzgâr?

Rüzgâr: Karanlıktan korkmasına rağmen birini sevmektir.

“Voovvv!” diye bir ses yükseldi yine Karahindiba’dan... Dev bir ağacın önünde durmuş zıplıyordu...

Bu ne kadar da büyük bir çiçekti öyle!

Karanlık yaklaştıkça Rüzgâr’ın tedirginliği artıyordu. “Gitmemiz lazım” dedi ürkekçe...

Karahindiba yavaşladıkça daha kuvvetli esiyor, ittiriyordu onu. Havanın giderek kararıyor olması çok geriyordu Rüzgâr’ı. İyice huysuzlanıyor, hırçınlaşıyordu hatta. Neyse ki yalnız değildi bu kez. Küçük ve yavaş bile olsa, karanlığına eşlik edecek bir yoldaşı vardı yanında. Kim bilir, Karahindiba’nın düşük çenesi işe bile yarayabilirdi. Rüzgâr’ı oyalayabilir, sakinleştirebilir, dikkatini dağıtabilirdi belki...

“Sen her şeyi gördün değil mi?” dedi Karahindiba. “Hem de çok yakından, hatta içlerinden geçerek değil mi?”

“Öyle...” dedi Rüzgâr, havalı bir tavırla. “Her şeyi bilirim ben. Çok yer gezdim, çok şey gördüm...”

“Ama Güneşi Batmayan Ülke’yi bulamamışsın işte.”

O anda durdu havadaki esinti... Rüzgâr’ın yarasına parmak basmıştı Karahindiba. Elbette bir gün bulacaktı o ülkeyi. Tüm umutsuz canlılara rağmen bir gün mutlaka esecekti Güneşi Batmayan Ülke’de, özgürce...

"Dünya sandığın kadar küçük değil..." dedi Rüzgâr. Bozulduğu belliydi her halinden. "Sen anlamazsın ufaklık."

"Peki Rüzgâr, dünya sonsuz mu sence?"

"Senin gibi minicik bir çiçek için sonsuz sayılır. Benim içinse sonsuz olmasını istediğim bir yer..."

Yine sessizlik olmuştu aralarında.

"Güneşi Batmayan Ülke..." diye mırıldandı Rüzgâr, dalgınlıkla.

"Çok garip..." dedi Karahindiba yeşil yapraklarından biriyle kafasını kaşıyarak. "Sen rüzgârsın, özgürsün, hızlısın, belki de bütün dünyayı görüp tanıyabilecek yetenektesin ama yine de sığınacak bir yer arıyorsun kendine... Oysa ben toprakta tutsak gibi olduğum halde sığınmaktan öte uçabileceğim, genişleyebileceğim bir yer peşindeyim."

"Keşke daha az konuşabilsen..." dedi Rüzgâr öfleyerek. "Gevezeliğinden yol alamıyoruz."

"Mızıkçı Rüzgâr!" diye çıkıştı Karahindiba "Neden hiç arkadaşın yok anlayabiliyorum."

Rüzgâr'ın yalnızlığı belki de en büyük yarasıydı. Bu hoyratça söylenmiş sözler canını yakıyordu şüphesiz.

"Bir tane arkadaş edineyim dedim bitkiler âleminin en geveze, en baş belası karahindibasına çattım ya! Şansa bak..." diye söylendi Karahindiba'nın duyacağı kadar yüksek bir sesle.

Karahindiba tuhaf bir şekilde sanki bunları işittiğine çok memnun olmuş gibi neşeyle dans etmeye başlamaz mı?

"Ooovvv! Efsane Rüzgâr benim arkadaşım oldu! Ooovvv!" diye de bir şarkı tutturdu. Üstelik Rüzgâr'ı taklit edip ıslıklı bir ses bile çıkarmaya başlamıştı...

Rüzgâr şaşkındı gördükleri karşısında. Karahindiba'nın dansı onda bir gıdıklanma hissi yaratmış olacak ki gülmeye başladı. Hatta kendini tutamayıp kahkahalar attı. Bu Karahindiba tam bir deli!

Kahkahalarının peşinden "Bana bak!" dedi Rüzgâr. "Ayrıca ben öyle vooov diye sesler çıkararak esmiyorum. Ben rüzgârım, kudretli rüzgâr..."

Epeyce bir süre sessiz kalmayı başararak ilerlediler. Neden sonra bu kez Rüzgâr bozdu sessizliği...

"Karahindiba, sana bir soru sorabilir miyim?"

"Her zaman sorabilirsin Rüzgâr. Arkadaşlar bunun içindir zaten. Hem ben senin gibi mızmız, huysuz ve mızıkçı değilim."

Rüzgâr bir yandan kızıyor ama bir yandan da tanımlayamadığı bir mutluluk hissediyordu Karahindiba'nın varlığından... İlk kez bir canlı gerçekten Rüzgâr'a çıkarı için değil de kendisi olduğu için yaklaşıyordu.

"Arkadaş olunca ne olur?"

"Sarılırsın canın istedikçe... Bitkiler arılarla arkadaştır mesela... Yakınında köklenmiş bitkiler varsa onlara da sarılabilirsin. Onların köklerini gıdıklamak çok eğlencelidir mesela..." derken baştan aşağıya Rüzgâr'ı incelemeye başladı Karahindiba. "Hımmm, peki senin köklerin nerede Rüzgâr?"

Rüzgâr şaşkınlıkla aşağıya baktı. "Ama ben rüzgârım. Benim köküm olmaz ki..."

Karahindiba çok bilmiş bir tavırla "Herkesin kökleri vardır Rüzgâr. Herkesin doğduğu bir yer, yaşam bulduğu, sığındığı bir yer vardır..." dedi.

Rüzgâr'ı bir düşüncedir almıştı. "Ben, uçsuz bucaksız topraklarda estim... Hiçbir yer bana yuva olmadı... Her çığlık duyduğumda, her yardım istendiğinde estim. Ve tabii ki güneş batmaya başladığında..."

Rüzgâr neden köksüzdü? Neden bir yere ait değildi? Belki de bu hissiyle ilgili yalnız değildi koskoca yerkürede... Onun evi her karış toprak, her tutam su birikintisi değil miydi? Peki ya sevilmek bu hayalin neresindeydi?

Boğazını temizledi öksürerek. "Öhöm... Peki şu sarılmak dediğin? O nasıl oluyor?"

"Şimdi sen dur öyle. Biraz şapşalsın sen, belli ki pek anlamıyorsun bu işlerden... Ben gelip yapraklarımla sarılacağım sana..."

Karahindiba Rüzgâr'a yaklaşıp sarılmak istedi ama içinden geçip yere kapaklandı sonra. Rüzgâr ne olduğunu anlamadı bile. Telaşla "Bulut kafa! Bulut kafa! İyi misin bulut kafa?" diye sayıklamaya başladı.

Karahindiba yüzünü ovuşturarak kafasını kaldırdı. Düşünceliydi... Ne arılara sarılmaya benziyordu Rüzgâr'a sarılmak, ne tırtıllara, ne de başka bitkilere...

"Bulut kafa mı?" diye düşündü. Çocuk gibi isimler takanın bir tek kendisi olduğunu düşünürdü hep. Rüzgâr da biraz çocuktu belli ki... Mızıkçı Rüzgâr ismi ona "cuk" diye oturuyordu bu yüzden. "Bulut kafa" ismi de Karahindiba'ya yakışmıştı aslında... Sonuçta bulutlar da uçabilirdi o da...

Rüzgâr Karahindiba'nın iyi olmasına sevindi. Ama sarılamadığı için biraz buruktu.

"Boş ver Karahindiba. Benim sarılmam pek mümkün değil galiba."

"Yanılıyorsun Rüzgâr. Sarılmak için yapraklara gerek var mı? Sen bütün doğayı sarmalıyorsun eserken."

"Sanırım... Yani... Bilmem ki..."

"Yani bütün doğayı ve canlıları korumaya çalışmıyor musun? Onları sevmiyor musun?"

"Se... se... seviyorum..." dedi Rüzgâr. Pek alışık değildi duygularını ifade etmeye...

"İşte o sarılmak demektir. Sen sarılmak için yaratılmışsın zaten."

Rüzgâr yine düşünceliydi biraz. Anlamaya çalışıyordu bu işittiklerini. Arkadaş olmak için sarılmak mı lazımdı? Herkese sarılabilmiş miydi yani şu durumda? Herkes onun arkadaşı mıydı o zaman?

"Sarılmayı çok istediğin bir bulut var mı? Hani böyle diğerlerinden daha fazla sarılmak istediğin, hı?" diye sordu Karahindiba.

Rüzgâr durup baktı o an. Bulutların hepsine bakıyor ve Karahindiba'nın ne demek istediğini anlamaya çalışıyordu. Kafası karışmış halde Karahindiba'ya döndü ne diyeceğini bilemeden...

Karahindiba huysuz bir tavırla "Çok kaz kafalısın Rüzgâr..." deyip yürümeye devam etti. "Hiçbir şeyden anlamıyorsun."

Kim bilir

Belki de göklerde aradığı bulut yanı başındaydı rüzgârın

Hem de ilk kez bir bulut, güneşi saklamayacaktı ondan.

Hatta Güneşi Batmayan Ülke'yi hediye edecekti ona...

2. Adım

Karahindiba: Özgürlük nedir Rüzgâr?

Rüzgâr: Acılarından kaçmak için esmeyi bıraktığın andır Karahindiba...

"Neden hep kaçıyorsun sen?" diye sordu Karahindiba biraz yol aldıktan sonra.

"Kaçmıyorum dolaşıyorum" dedi Rüzgâr.

"Peki neden dolaşıyorsun hep?"

"Özgür olmak için" diye yanıtladı Rüzgâr.

"Özgür olmak ne demek?"

"İstediğin zaman istediğini yapabilmek."

İşte bu hoşuna gitmişti Karahindiba'nın. "Herkes özgür olabilir mi peki?" diye sordu merakla.

"Hayır!" dedi Rüzgâr net ve sert bir tavırla. "Hayvanlar, bitkiler, insanlar... Hepsinin özgürlüğü kısıtlıdır."

Karahindiba'nın suskunlaşıp düşüncelere dalmasına üzüldü ama sonra. Onu kırmış olabileceğini düşündü. Ne de olsa Karahindiba da bir bitkiydi...

"Özür dilerim..." dedi Rüzgâr. "Senin de bir bitki olduğunu unuttum bir an."

Karahindiba'nın "Bitki değilim ben!" diye çıkışıvermesi şaşırtmıştı Rüzgâr'ı. "Ben bir karahindibayım, bitki değilim..." diye üsteledi minik çiçek. "Özgür bir karahindibayım ben... İstediğim zaman istediğim şeyi yapabilirim."

Karahindiba'yı giderek komik bulmaya başlıyordu Rüzgâr. Sonunda dayanamayıp bir kahkaha patlattı.

"İstediği zaman istediğini yapabiliyormuş minik Karahindiba. Sen sahiden çok esaslı bir bitkisin. Pardon! Karahindibasın! Biraz da gevezesin."

"Sen de mızıkçısın..." dedi Karahindiba.

Rüzgâr'ın tebessümü dondu. Mızıkçıymış... Kendisine baksın o önce... Ufacık kökleriyle bir de özgür olmaktan bahsediyor.

"Şu an nerede olmayı dilerdin mesela?" diye sordu Rüzgâr bu gergin havayı dağıtmak için...

"Oradayım ya zaten..." diye cevap verdi Karahindiba. "Senin yanında."

Rüzgâr tarifsiz bir mahcubiyetle baktı minik yol arkadaşına. Karahindiba ise kökleri üzerinde yürümeye devam ediyordu hâlâ.

Kim bilir

belki de özgürlük rüzgârın sandığı gibi her şeyden kaçmak değildi

bir karahindibanın hayaline hapsolmaktı...

Karahindiba: Neden bu kadar sessizsin Rüzgâr?

Rüzgâr: İnsanlık kendi yarattığı vahşete sessiz kaldığı için...

Gücüm yetmediği için...

Bir süre hiç konuşmadan yol aldılar birlikte. Bir dereye vardıklarında kıyısında durup dinlenmek istedi Karahindiba. Başlangıç için epeyce uzun bir yolculuk sayılırdı bu. Çok yorulmuş, susamış, nemli toprakta biraz dinlenmeye ihtiyaç duymuştu.

Toprağı işaret edip biraz duracağını söyledi Karahindiba. Derenin suyundan içmek, yanındaki nemli toprakta hiçbir şey yapmadan sakince durmak iyi gelecekti.

"Çok yürüdün..." dedi Rüzgâr. "Dinlenmeyi hak ettin."

"Merak etme..." dedi Karahindiba. "Uzun uzun dinlenecek değilim. Biraz soluklanayım, biraz da su alayım, hemen devam edeceğim."

"Keyfine bak..." dedi Rüzgâr. "Hava nasılsa tertemiz, berrak... Mis gibi... Her yer ışıl ışıl, nasıl da aydınlık..."

Karahindiba'yı biraz kendi haline bırakıp tepedeki mağaralara kadar kuvvetlice esti.

Susmak iyi gelmişti sanki Karahindiba'ya. Gülüşüp konuşarak yol alırken meğer ne çok yorulmuştu. Geldikleri yöne dönüp baktığında artık ovanın bile görünmez olduğunu fark etti.

"Ne tuhaf..." diye geçirdi içinden. Sadece yorgunluk değilmiş gibi geliyordu yaşadığı his... Ovayı mı özlemeye başlamıştı yoksa şimdiden? Uzaklaştıkça tedirginlik mi duyuyordu? Önünde uzanan o koskocaman belirsizlik, Karahindiba'yı huzursuz ediyor olabilir miydi?

Derken iç kıyıcı, soğuk bir ses yankılandı etrafta. Yaralı bir devin çığlığı gibi...

Küçük Karahindiba içinin titrediğini hissetti. Ne kadar sarsıcı, rahatsız edici bir sesti bu böyle...

Çok geçmeden Rüzgâr esmeye başladı sertçe.

Vooovvv...

Vooovvv...

Vooovvv...

"Oh!" dedi Karahindiba. Nihayet geri dönmüştü Rüzgâr.

"Neredeydin sen Rüzgâr?" diye sordu yüksek sesle. Şu rahatsız edici çığlık dinmek bilmiyordu bir türlü. "Çok korktum! Nedir bu böyle? Orman mı bağırıyor, karşıdaki kayalar mı?"

"Siren!" dedi Rüzgâr. "Fabrikanın arkasından geçiyoruz. Karşıdaki dağa estim sen dinlenirken. Mağaraları gördüm. Bu dağı aşman gerekecek yola devam etmek için. Fabrikanın sirenini duyunca korkabileceğini düşünüp hemen geri döndüm sana."

"Siren de ne ki?"

"Günde birkaç defa böyle sirenlerle bağırıp durur bu fabrika. Arkasından dolanacağız dağa gitmek için..."

"Canını mı yakmışlar fabrikanın? Niye bağırıp duruyor?"

"İnsanlar için... Bu sesi işitince dışarı çıkıyorlar, sonra yine içeri giriyorlar. Çok yorgun ve mutsuz görünüyorlar ama. Sanki orası bir hapishane... Ruhlarını hapsediyorlar insanların..."

"Çok saçma... Bunun için bu acayip çığlığa ne gerek var?"

"Karahindiba, sen bu ovada yaşamıyor muydun? Duymadın mı hiç sirenleri?"

"Ben şarkı söylerken, hayal kurarken duymam ki hiçbir şeyi..."

Neyse ki siren susmuştu sonunda. Bağırarak konuşmak zorunda kalmayacaklardı.

"Of!" dedi Karahindiba tüylü kafasını minicik yapraklarının arasına alarak. "İnsanlar delirmiş olmalı Rüzgâr. Fabrika hem her şeyi yok ediyor hem de insanları içine alıp arkasından dışarı kusuyor onları, derken yine içine alıyor... Bir de çığlıklar atıyor. Püf! Çok saçma..."

"İnan ben de anlamıyorum..." dedi Rüzgâr. "Bak şu tarafta fabrikanın bacaları görünüyor!"

Merakla Rüzgâr'ın gösterdiği tarafa baktı Karahindiba. Sahiden de kocamandı bacalar. Derin kuyular gibi... Simsiyah soluyorlardı üstelik. O güzelim masmavi gökyüzü nasıl da puslu, gri ve kötü kokulu, kalın bir tabakaya dönüşüyordu.

Karahindiba korkuyla "Ama Rüzgâr, bu nasıl olabilir?" dedi. "Hani tüm doğa birbirine yardım ediyordu? Ovada havamız suyumuz kirlenene kadar biz çok güzel yaşıyorduk."

Rüzgâr düşünceli ve kırgındı. İlk kez gördüğü bir şey değildi fabrika... Ne kadar sert esse de engel olamamıştı inşa edilmesine. Doğa için elinden geleni yapmış, lakin gücü yetmemişti...

"Haklısın..." dedi Rüzgâr. "Tüm bitkiler nefes aldıkça hayvanlara, hayvanlar nefes aldıkça bitkilere can verir."

Karahindiba şaşkınlıkla sordu:

"Peki, o zaman bu fabrika kime can veriyor?"

Rüzgâr fabrikaya baktı uzun uzun. Sonra Karahindiba'ya döndü...

"Bu fabrika ölüme ve acıya can veriyor sadece."

O sırada yağmur çiselemeye başladı ince ince. Rüzgâr gizlice gözyaşı döküyor olmalıydı yine.

Duydukları karşısında çok üzgün hissediyordu kendini Karahindiba. Bütün bunlar neden olabilirdi, ne için olabilirdi ki? Çok saçmaydı... Olan biten felaketlere tanık olmak ve buna karşılık hiçbir şey yapamamak çok ama çok üzmüştü onu...

"Bir şey yapmalı..." diye düşündü Karahindiba. "Bu fabrikayı durdurmalıyız Rüzgâr!"

Rüzgâr sessizdi. Yüzyıllar boyu süren isyanının cevapsız kalmasından dolayı da buruktu... Karşılık veremedi.

"Buldum!" diye bağırdı sonra Karahindiba... "İnsanlar!"

"Ne olmuş insanlara?" diye merakla sordu Rüzgâr.

"Onlar fabrikaya en yakın olanlar. Her gün ziyaret ediyorlar. Onlara söyleyelim. Durdururlar ölüm saçan bacaları..."

Heyecanı kursağında kalan Rüzgâr aynı hızla terk ettiği sessizliğine geri gömüldü yine. İnsanları çok iyi tanırdı ne de olsa...

"İnsanlar yardım etmezler Karahindiba... Fabrikayı da kendileri kurdu zaten..."

"Hepsi mi kötü bu insanların? Hiçbiri mi yardım etmez bize?"

Hava bir anda hırçınlaşmaya başladı...

"Gitmemiz lazım... Bu yol kolay değil Karahindiba... Bütün bunlara tanık olman da kolay değil... Baş etmen zor olacak. Hatta belki imkânsız... Ovada kalman sanırım daha güvenliydi."

"Hayır..." dedi Karahindiba. "Bu fabrikanın durdurulması gerek. Bir yolunu bulacağım! Sen nasıl bu kadar serinkanlı olabiliyorsun Rüzgâr? Bak geriye, geçtiğimiz yollara bak... Bütün bitkiler, hayvanlar, hepsi ölecek! Bir şey yapmayacak mısın? Öylece amaçsızca esip duracak mısın? Sen karanlıktan korkarken binlerce canlının karanlığa gömülmesine seyirci mi kalacaksın?"

Rüzgâr bir anda duruldu... Sonra bir öfke kapladı içini. Öfkesi Karahindiba'ya karşı değildi elbette, kendineydi. Defalarca denememiş miydi doğayı kurtarmayı? Yangınlardan kurtarmamış mıydı tüm canlıları? Ama yine de kimse Rüzgâr'ın yanında durmamış, onu desteklememişti ki... Bir kişi bile sevmemişti onu...

Koskoca bir gezegenin attığı ölüm çığlıkları sağır edercesine acıtıyordu canını. Ama ne yazık ki kimse yoktu yanında. Bu kez tüy kafalı bir Karahindiba paylaşıyordu yalnızlığını ama o ne yapabilirdi ki koca fabrikanın karşısında? Kudretli Rüzgâr'ın gücü bile yetersiz kalmıştı insanoğlunun vahşetine... Minicik bir Karahindiba ne yapabilirdi kaderi değiştirmek için?

"Vazgeçmemeliyiz..." dedi Karahindiba. "Bir şey yapmalıyız. Bu bacaları birileri durdurmalı..."

"İnsanlar ve fabrikalar anlaşılması zor varlıklar..." dedi Rüzgâr. "Hem eminim o en yüksek dağda fabrika yoktur bulut kafa..." diyerek güldürmeye çalıştı Karahindiba'yı...

"İyi de ovadaki tüm çiçekler, tüm hayvanlar ve dere ölürken ben en yüksek dağda nasıl mutlu olayım?"

"İnsanlar gibi yap sen de... Gözlerini diğer tarafa çevir..."

"İyi de gözlerini nereye çevirirsen çevir, kalbin bütün yönleri hissetmez mi?"

Karahindiba'nın isyanı Rüzgâr'a çocukluğunu anımsatmıştı. Bir yandan konuyu geçiştirmek istiyor, diğer yandan esip her şeyi yerle bir etmek geçiyordu içinden...

"Bir yolunu bulacağız bulut kafa, söz..."

"Hayal sözü mü?"

Rüzgâr gülümsemeye başladı bunun üzerine...

"Hayal sözü Karahindiba... Hayal sözü..."

Kim bilir
belki de fabrikanın sireni
ölüm kusan bacaları
bir karahindibanın vazgeçmeyişi
Rüzgârı asırlar süren kırgınlık uykusundan uyandırabilirdi...

Karahindiba: Kendinden vazgeçmek nedir Rüzgâr?

Rüzgâr: Her estiğinde ruhundan bir rüzgâr kopmasıdır Karahindiba...

"Hadi bulut kafa, dinlendiysen gidelim..." dedi Rüzgâr, hafif esintilerle Karahindiba'yı dürterek. "İleride bir dağ var. Üstelik senin için zorlu da bir yamacı var. İrili ufaklı mağaralar gördüm orada. Hatta bir de kuş... Adı Simurg... Muhakkak tanışman lazım..."

"Peki..." dedi minik Karahindiba. Ne kadar da şapşal biriydi bu Rüzgâr. Kafasına göre isimler türetip duruyordu kendi kendine. Simurg da neymiş? Hiç öyle bir kuş olur muymuş? Tepesinin üzerinden kanat çırparak geçen binlerce kuş görmüştü Karahindiba... Hiçbiri Simurg değildi... Dağdan gelenler bile...

"Yamaçlardan çekinmem, dağlardan da hiç korkmam" dedi Karahindiba kahramanca bir tavırla.

"Ovada gördüğün toprak tümseklere benzemez ama bu dağ..."

O bir Karahindiba'ydı nihayetinde ve her şeyin üstesinden gelebilirdi... Şimdiye dek gelmemiş miydi zaten?

Derin bir nefes alıp kararlı bir biçimde dağa yöneldi Karahindiba. Ağzını bile açmamıştı. İnatçılıkta usta sayılırdı ne de olsa.

Dağa vardıklarında Karahindiba donup kalmıştı. Hayatında hiç bu kadar büyük ve dimdik duran bir kaya parçası görmemişti. Eh, artık geri de dönemezdi... Karahindibalığına çamur sürdürmek de olmazdı. Çaresizce ilk adımı atacaktı dağa...

Bu sırada tatlı bir destek hissetti arkasında... Rüzgâr hiç yormadan ve sarsmadan uçurmaya başlamıştı Karahindiba'yı...

Geciktiklerini fark edince hızını artırmaya başlamıştı. Giderek hırçınlaşan, sert ve aceleci bir esintiyle epeyce sürükledi Karahindiba'yı... Elbette minik bir çiçek için hiç de kolay değildi Rüzgâr'ın gücüne dayanmak... Onun bu hırçınlığı Karahindiba'ya pekâlâ büyük zarar verebilirdi. Ama yine de "Yavaş ol!" demezdi Rüzgâr'a... Kesin alay etmeye başlardı çünkü mızıkçı Rüzgâr.

Uzun ve uğultulu bir yolculuktan sonra yamaçtaki bir mağaranın önünde durdular. Rüzgâr yorulmuştu, Karahindiba'nın başındaki beyaz tüyleri iyice kabarmıştı, başı hafifçe dönüyordu o an, olanları anlamaya çalışıyordu kendince.

Rüzgâr, yol arkadaşının tepesindeki pamukların darmadağın olmuş halini görünce dayanamayıp bir kahkaha patlattı. Karahindiba üstünü başını düzeltmeye çalışıyordu telaşla. Güzelliğinden hiçbir şey kaybetmek istemezdi sonuçta...

Ne kadar da gıcıktı şu Rüzgâr!

Kendine gelip dikkatini mağaraya çevirince gözlerine inanamadı Karahindiba.

"Bu da ne böyle!"

"Buna mağara deniyor. Dağın gövdesindeki derin oyuklar."

Karahindiba bir yandan merakla mağarayı incelerken diğer yandan bu karanlık yoldan Rüzgâr'ın nasıl eseceğini düşünüyordu.

Rüzgâr seslendi içeri.

"Simurg! Simurg!"

Çok geçmeden mağara parlak bir ışıkla dolup taştı. Bunun üzerine Rüzgâr da gönül rahatlığıyla içeri girdi Karahindiba'yla beraber.

Alev renginde, ışıl ışıl dev bir kuş duruyordu karşılarında.

Kanatları ne kadar geniş, boynu ne kadar biçimli, gagası incecik, gözlerinin içinde kor parçaları var sanki...

"İşte sana sözünü ettiğim Simurg..." dedi Rüzgâr. "Kuşların hükümdarı..."

Ne diyeceğini bilemiyordu Karahindiba. Gerçekmiş demek... Şimdiye dek görüp tanıdığı hiçbir kuşa benzemiyordu. Hem kocamandı hem alev alev... Üstelik çok da gösterişli... Ona bakmaktan alamıyordu kendini.

"Bu mağarada mı yaşıyorsun sen?" diye sordu Karahindiba. "Dağların tepesinde."

"Hayır..." der gibi başını salladı Simurg. "Evimi kimse bilmez benim. Bilgi ağacının dallarıdır yuvam. Ne gören var ne gelip konan..."

Simurg'un bu gizemli konuşmaları da ilgisini çekmişti Karahindiba'nın. Hayranlıkla bakıyordu ona. Bu geniş kanatlarla kim bilir ne kadar uzaklara gidebiliyordu yorulmadan.

"Dünyanın en yüksek dağına gittin mi hiç?" diye bir hevesle sordu Karahindiba. "Ben de bir gün bulutlara yaklaşacağım da..."

"Gittim..." dedi Simurg. "Soğuktur oralar... Ama hep gündüzdür."

Tarifsiz bir coşkuyla dolmuştu Karahindiba'nın kalbi. "Biliyordum, biliyordum" diye tekrarladı içinden.

Rüzgâr'ın nefesi kesilmişti adeta. Düpedüz Güneşi Batmayan Ülke'den söz ediyordu Simurg. Hem de gidip görmüş oraları... Sahiden de vardı demek Güneşi Batmayan Ülke...

"Buraya yakın mı?" diye sordu Karahindiba.

"Sana bağlı" dedi Simurg.

"Nasıl yani?" diye atıldı Rüzgâr. "Uzak mı değil mi? Nasıl ona bağlı olsun ki?"

"Hem çok yakın hem çok uzak... Yani hem mümkün hem imkânsız... Tamamen sana bağlı..."

"Yok artık!" dedi Rüzgâr içinden. "Fabrikanın dumanından mıdır, sirenlerin delirtmesinden midir bilmem, tuhaf şeyler oluyor doğada. Kuşlar bile aklını kaçırmış. Kimin ne dediği belli değil... Hayalperest bir karahindibadan sonra aklını yitirmiş bir kuş eksikti hayatımda..."

"Seninki gibi kanatlarım olsaydı belki bu gece bulutlarda uyurdum. Çok şanslısın Simurg..." dedi Karahindiba. Simurg'un yüzündeki acıyı fark etti o an. "Ateş canını mı yakıyor senin Simurg? Neden üzgünsün?"

Düşünceli bir tavırla durup derinlere daldı Simurg.

"Günün birinde... Yani çok zaman önce..." diye başladı anlatmaya. "Bizim devrimizdi sanki o zamanlar. Kanatlarımızı açar, süzülürdük özgürce. Rüzgârın babası gök misafir ederdi bizi. Derken insanlar geldi aşağıdaki ovaya... Sağır edici seslerle, canavarlarla kazmaya başladılar toprağı... O zamanlar sürüdeki bazı kuşlar fark etti bir şeylerin ters gittiğini... Ben sadece sürüyü güvende tutmak istiyordum. Kolayca dağılabilir, başka yerlere göç edebilirdik. Aşağıda olanların bir önemi yoktu benim için... Ne var ki zaman geçtikçe ortaya metalden kocaman buz gibi bir yapı çıktı. Bütün kuş sürüsü ayaklandı. Bir şey yapmak lazımdı. O metal yapının zehir kusmasına izin vermek istemedi kuşlar. Bense kanatlarınızı çırpın ve bir arada kalıp başka diyarlara uçun dedim bunun üzerine. Birkaç kez sürüyü taşıdım oradan oraya. Önemli olan bir arada olmamızdı benim için. Ancak gittiğimiz her yere bu metal fabrikalardan kuruldu. Kuşlar ayaklanmak istedi ama ben durdurdum.

Onlar fabrikayı yıkmak istedi ama ben, bizi bir arada tutmak için onları engelledim."

Simurg öksürmeye başlamıştı konuşurken. Belli ki evine gitmiyor, buralardan uzaklaşmamayı tercih ediyordu. Fabrikanın zehrine fazlasıyla maruz kalmış olabileceğini düşündü Karahindiba.

"Fabrikayı durdurmak bizim işimiz değildi..." diye devam etti Simurg. "Günün birinde yine bir fabrika kuruldu. Dev bacalarından öldürücü dumanlar yükseldi. Bizim için yine gitme zamanı gelmişti... Kanat çırparak kaçmaya devam edecektik bu tehditten. Hani Rüzgâr da hep Güneşi Batmayan Ülke'yi arıyor ya... Ben de havası berrak bir gök aramaya koyuldum. O sıralar bütün sürü dumanların içinden geçiyorduk.

Derken sağır edici bir ses işittik. Ardı ardına patlama sesleri... Bütün ailemi, güzel sürümü, sevdiklerimi elimden aldı insanlar... Kuşlar birer birer yere düşerken, var gücümle kanat çırptım ama yetmedi. Kurtaramadım hiçbirini. Kaçmak yerine kalıp savaşsaydık belki de... Ne bileyim, başka olurdu sanki... Havası berrak göğü aramaktansa, bulunduğumuz yeri cennete dönüştürmüş olurduk.

Duyduğum acıyla, bu lanet fabrikayı artık yok etmem gerektiğini düşündüm. Kanatlarımı gövdemin yanına kilitledim ve o zehir kusan bacalardan birine daldım. Kaybedecek neyim vardı ki artık? Etraf bir anda karardı. Boğucu bir duman bulutunun içindeydim. Diğer yanda gürül gürül alevler...

Tüylerim ateşler içinde yanarken, fabrikada ne var ne yok her şeyi yıkıp yok etmeye başladım. Beni yakan ateş dokunduğum her şeyi tutuşturuyordu. Bütün fabrikanın yanmakta olduğundan emin olunca çıktım dışarı. Yaptıklarım bir efsane gibi dilden dile yayıldı hayvanlar ve bitkiler arasında. Fabrikayı yerle bir etmiştim ama sevdiklerimin sözlerini duymazdan geldiğim için kaybetmiştim hepsini. Ateşler içinde kavrulan bedenimin acısı, vicdanımın acısının yanında neydi ki?

Doğa beni efsaneleştirerek, kahramana dönüştürdü. Oysa pişmanlıklar içinde yanıp küle dönen bir kuşum işte. Sonunda bu mağaraya kapattım kendimi... Bir korkak olarak uyandım her yeni güne...

O zamandan beri hiç sönmez benim ateşim minik Karahindiba... Ben emek vermekten korktum ve bunun bedelini ödedim. Şimdi korkum yok belki ama uğruna bedel ödeyeceğim sevdiklerim de yok yanımda..."

Karahindiba'nın gözleri dolmuştu. Minik adımlarla yaklaşmaya çalıştı Simurg'a ama Simurg'un alevleri çok güçlüydü... Karahindiba çaresizce Rüzgâr'a dönüp baktı. Zavallı Rüzgâr nasıl da etkilenmişti dinlediği hikâyeden. Hiç hareket etmiyor, öylece bakıyordu Simurg'a...

Rüzgâr'a dönüp baktı sonra, "Hadi..." dedi. "Bak gök babanın eski dostuymuş Simurg. Sarılmayacak mısın babanın eski dostuna? Sen bir rüzgârsın... Yanmazsın!"

"Sarılmak mı?" diye geçirdi içinden Rüzgâr... "Birine sarılmak..."

Heyecanla, merakla ve tutkuyla hareketleniverdi Rüzgâr. Kuvvetle esip Simurg'un yanına gitti ve bekledi uzun uzun.

Yalnız ve yorgun bu iki ruhun birbirlerine yönelmiş sessiz bakışlarını izliyordu Karahindiba da...

"Teşekkürler Rüzgâr. Sen ve baban hep dostumuz oldunuz... Ama şimdi yola çıkma zamanınız geldi" dedi Simurg.

Rüzgâr irkildi. "Evet..." dedi. "Yola çıkma zamanı..."

Karahindiba'yla birlikte mağaradan çıkmak için hareketlendiler. Mağaranın ağzına yaklaşmışlardı ki "Durun!" diye seslendi Simurg.

"Günün birinde en yüksek dağın tepesinde Güneşi Batmayan Ülke'ye ulaşırsanız, sevdikleriniz de yanınızda olsun olur mu?" dedi.

İkisi de başlarını sallayarak söz verdiler. Sonra düştüler yine yola. Önlerinde upuzun bir belirsizlik vardı... Arkalarında ölüm saçan bir fabrika, hayallerinde Güneşi Batmayan Ülke...

"Güneşin batmadığı bir ülke var mı sence Karahindiba?"

"Bilmem, senin kalbin ne diyor?"

"Olmalı diyor. Karanlıktan uzak bir cennet olmalı mutlaka."

"Hayalini gördün mü hiç?"

"Bazen görüyorum Karahindiba. En korktuğum anlarda görüyorum özellikle..."

"İşte o zaman gerçektir. Her hayal gerçektir Rüzgâr..."

Kim bilir
belki de karahindiba ve rüzgârın
kaçtıkları fabrika bacalarının ardında
batmayan bir güneş vardı...

3. Adım

Karahindiba: Seyyah ne demek Rüzgâr?

Rüzgâr: Yola düşen canlı demek. Ya kendini bulmak için ya da kendinden kaçmak için...

"Bir şey yapmalı, bir şey yapmalı..." diye kendi kendine söylenip duruyordu Karahindiba. Belli ki kafası karışık, üstelik bu kez hayli yavaş ve düşünceliydi...

Rüzgâr da endişeliydi bu kez. Yola çıktıklarından beri susmak bilmeyen bu küçük inatçı, asi ve geveze çiçeğe ne oldu da yavaşlamıştı böyle? Aheste adımlarla ormana kadar geldikleri halde "Bir şey yapmalı..." mırıltılarından başka söz çıkmamıştı ağzından.

"Çok yavaşladın sen bulut kafa..." dedi Rüzgâr. "Düşüncelere mi daldın, hasta mı oluyorsun yoksa?"

Rüzgâr'ın sesini duymamıştı Karahindiba. Toprağın üzerinde yavaşça kayarak ilerliyor, minik yapraklarıyla tüylü başını kaşıyor, bakışlarını çoğu zaman yerden kaldırmıyordu.

Oysa her şeyi ilk kez görüyor olmanın heyecanıyla nasıl da coşku doluydu. Merakını ve sonsuzmuş gibi görünen o kocaman gücünü ne çabuk yitirmişti, yazık...

"Hey küçük geveze, dilini mi yuttun?" dedi Rüzgâr. Biraz kuvvetli esip Karahindiba'nın başından bir parça tüy bile koparıp uçurdu ama bana mısın demedi ufaklık. "Ayakta rüya görüyor gibisin Karahindiba... Hatta kâbusun içinde sayıklıyorsun gibi... Uyan artık, kendine gel... Ormana geldik farkında mısın? Hayatında görmediğin güzelliklerle karşılaşacaksın burada..."

"Bir şey yapmalı..." dedi yine Karahindiba... "Fabrika, sirenler, Simurg... Ters giden bir şeyler var..."

"Senin gücün bir şey yapmaya yetmez. Bence çok düşünme bunları. Yola neden çıktığını hatırla sadece..."

"Bilmem, haklı olabilirsin belki" diye karşılık verdi Karahindiba. Koskoca kuş sürülerinin, hayvanlar ordusunun bile çaresiz kaldığı bir güç karşısında minicik bir bitki olarak ne yapabilirdi ki?

İncecik kökleri ormanın toprağına değdiği an, her zerresi başka bir âlem, mis gibi çiçek ve nemli toprak kokan yeni bir dünyaya adım attığını fark etti. Çam kokusuyla birlikte uykusundan ayılır gibi kendine geldi.

"Oh!" dedi derin bir iç çekerek. "Burası da ne böyle?"

"Nihayet kendine geldin..." dedi Rüzgâr. "Ormana ulaştık artık. Burayı geçince caddeye çıkacağız. Oradan da ver elini şehir..."

"Cadde mi, şehir mi? Onlar da ne? Renkli canlılar mı?"

Rüzgâr sessizdi...

"Gideceğimiz her yer, senin orman dediğin bu yer kadar güzelse, dünya kocaman bir cennet olmalı Rüzgâr..."

"Cennet mi?" diye tekrarladı Rüzgâr. Bu kez kendi derin bir düşünceye dalmış gibiydi. "Umarım hayal kırıklığına uğramazsın" diye mırıldandı.

Karahindiba, "Hıı hıııı cenneeettt dünyaaaa cennet dünyaaa..." diye şarkı söyleyip dans etmeye başlamıştı bile...

Rüzgâr yine şaşkındı... Ne kadar da çabuk mutlu olabiliyordu Karahindiba... Daha demin mutsuzluktan boynu bükülmemiş miydi? Anlayamıyordu... Kendisi dünyadaki en hafif en kudretli canlıydı... Ona rağmen bir karahindiba ondan daha yüksüzdü... Biraz olsun gülümsemeye onun da ihtiyacı vardı... Belki de biraz olsun unutmaya...

Meşe palamutlarını küçücük ağızlarının içine üçer beşer sıkıştırınca yanakları neredeyse kafaları kadar şişen sincapları izlemeye bayılmıştı Karahindiba. Sağa sola yuvarlanmaya başladı gülerken. Rüzgâr da şaşkınlıkla Karahindiba'yı izliyor, yer yer esip kahkaha patlatıyordu.

Kuşların sesleri ne kadar da çeşitli ve gür...

Toprak fokur fokur kaynıyor adeta. Tırtıllar, böcekler, kertenkeleler, karıncalar...

"Baksana renkli böceklereeeee..." diye heyecanla oradan oraya koşturuyordu Karahindiba...

Şüphesiz ki Rüzgâr da bu cümbüşten hoşnuttu.

Hele zaman zaman işittikleri şu ürkek çıtırtılar da yok mu? Ya bir geyik olmalıydı ya da bir ceylan...

"Orman..." dedi Karahindiba. Büyülenmiş gibiydi adeta. "Çok ama çok güzel..."

Rüzgâr biraz daha eğlendirmek istedi minik yol arkadaşını. "Hey Karahindiba! Bak şimdi ağaçlara nasıl şarkı söyleteceğim" dedi ve hızla esince dalların arasından uğultular yükselmeye başladı. Rüzgâr oradan oraya eserken Karahindiba'nın hayranlık dolu bakışlarıyla cesaretleniyordu.

Bu sırada tuhaf bir ses işittiler. Rüzgâr, bir anda durup dinlemeye başladı. Bu ses tanıdıktı sanki. Etrafa bakındıkları sırada Karahindiba koşup yerden renkli, küçük bir şey aldı. "Bunu mu arıyorsun? O ses bundan mı çıktı yoksa?"

Rüzgâr dikkatle Karahindiba'nın elindeki alete baktı. Tahta gövdesi, metal ızgarasıyla bu aletin benzerlerini sokak çalgıcılarında gördüğünü hatırladı.

"Bu bir mızıka!" dedi heyecanla... "Bunun sesi çok eğlencelidir."

Karahindiba merakla aleti inceliyordu. Şüphesiz ki yaşadığı ovadaki hiçbir canlıya benzemiyordu bu. "Şarkı mı söylüyor?" diye sordu heyecanla.

Rüzgâr biraz geri gitti ve "Sıkı tut mızıkayı" dedi. Sonra tatlı tatlı Karahindiba'nın elindeki mızıkaya doğru esti. Derken hoş sesler çıkmaya başladı mızıkadan... Karahindiba müziği duyar duymaz sevincinden sıçramaya başladı. Hem gülücükler saçıyor hem de dans ediyordu.

"Hadi Rüzgâr bir daha, bir daha!" diye çığlıklar atıyordu.

Rüzgâr gördüğü ilgiden gayet hoşnuttu. Farklı hızlarda eserek yeni sesler çıkarıyordu mızıkadan.

İkisinin de bu eğlenceye ihtiyacı varmış. Ormanda yürümeye devam ederken yine soluk soluğa bir şeyler anlatıyordu Karahindiba:

"Bizim ovada çok acayip bir müzik grubumuz vardı. Çiçekler, arılar, köstebekler... Ben de şarkı söyleyip dans ederdim grupta... Buldum! Biz de seninle bir müzik grubu oluşturalım Rüzgâr."

"Müzik grubu mu? Seninle mi?" diye sordu Rüzgâr biraz küçümseyici bir tavırla...

Karahindiba, duyduğu heyecanın paylaşılmamasına kızmıştı. "Tamam o zaman, müzik grubumuzun ismi Mızıkacı Karahindiba ve Mızıkçı Rüzgâr olsun madem" dedi ve yürümeye devam etti.

Rüzgâr donup kalmıştı.

"Mızıkacı Karahindiba ve Mızıkçı Rüzgâr mı? Ne kadar da saçma... Müziği eserek yapan, mızıkayı Karahindiba'ya tanıştıran, bütün emeği veren oydu ama neden yine kendisinin mızıkçı çıktığını anlamıyordu...

Kim bilir
belki de vahşetin sağır ettiği canlılar
birkaç eğlenceli notanın gücüyle
bütün olup bitene bir son verebilecekti...

Karahindiba: Birlik olmak ne demek Rüzgâr?

Rüzgâr: Artık yalnız esmek zorunda kalmamak Karahindiba.

Karahindiba'nın keyfi yerine gelmişti. Mızıkçı Rüzgâr ve mızıkacı Karahindiba şarkılar mırıldanıyorlardı. Derken bir gürültüdür kopmaz mı, yer yarılıyordu sanki gümbür gümbür.

"Deprem mi oluyor?" diye heyecanla açtı gözlerini Karahindiba. Rüzgâr'ı aradı hemen. Neyse ki buradaydı işte. Yanındaydı...

Belli ki o da tedirgin.

Başlamıştı yine vuuuvvv, vuuuvvv diye esmeye.

"Neler oluyor Rüzgâr?" dedi Karahindiba. "Bu da ne böyle?"

"Bilmiyorum" dedi Rüzgâr. İlk defa o bile bilmiyordu neler olduğunu.

"Bu ne sorumsuzluk!" diye kükreyen yaşlı ve ürkütücü bir ses işittiler sonra.

O da ne?

Kocaman yaşlı bir meşe!

İyi de neden bu kadar öfkeli?

Karahindiba da Rüzgâr da birbirlerine baktılar bir an neler olduğunu anlamaz bir halde.

"Ormanda bu kadar patırtı çıkartılır mı hiç?" dedi yaşlı meşe.

"Biz yolcuyuz!" diye bağırdı Rüzgâr. "Kalmak için gelmedik, gideceğiz!"

"Hem sen misin bu ormanın sahibi, senden izin mi alacağız?"

Karahindiba bu dev ağaca hayranlıkla bakakalmıştı... "Vooov! Sen gördüğüm en büyük çiçeksin. Ovadakilere anlatsam inanmazlar."

"Çiçek mi? Ben çiçek değilim. Ben, Prometheus!"

Karahindiba Rüzgâr'a döndü gözlerini açarak:

"Prometheus!" diye yineledi. "Kaç yaşındasın sen?"

"4 bin 626 yaşındayım" diye böbürlenerek cevap verdi Prometheus...

"Ben de bir yaşındayım daha... Benim ismim de Karahindiba... Bazı arkadaşlarım bana bulut kafa da der. Biz Güneşi Batmayan Ülke'yi arıyoruz. Ne tarafta olduğunu biliyor musun acaba?"

Yerden sökmeye çalıştığı köklerini eskisi gibi yatıştırmıştı yaşlı Prometheus. Toprağın derinliklerine sakince geri gömüldü kalın damarları.

"Hımmm!" dedi uzun uzun.

Hımmmm!

Hımmmmm!

Hımmmmmm!

Belli ki hayatında ilk kez duymuyordu Güneşi Batmayan Ülke'yi. Karahindiba ve Rüzgâr'ın gözleri ışıldamaya başlamıştı bile. "Prometheus Güneşi Batmayan Ülke'nin yerini biliyor" diye fısıldaştılar aralarında.

"Demek Güneşi Batmayan Ülke..." dedi Prometheus. "Duydum tabii ki, duymaz olur muyum hiç?"

"O halde nerede olduğunu da biliyorsun!" diye havalandı Rüzgâr. Prometheus'un etrafında bir tur atıp döndü neşe içinde.

"Söyleyin sevgili koca Prometheus..." dedi Karahindiba yapraklarını çırparak. "Hangi yöne yürümemiz gerekiyor?"

"Hangi yöne mi?" dedi heybetli Prometheus düşünceli bir tavırla. "Tabii ki geldiğiniz yöne..."

"Nasıl yani?" dedi Karahindiba. "Arkamızda bıraktığımız ovaya mı? Yoksa dağa mı? Hem neden?"

"Geldiğiniz yönü takip ederek evinize geri dönmeniz gerekiyor sadece" dedi.

"Sen bizimle dalga mı geçiyorsun?" diye atıldı Rüzgâr. "Hiç yakışıyor mu sana?"

"Siz kim Güneşi Batmayan Ülke'ye gitmek kim?" dedi Prometheus küçümseyerek. "Güneşi Batmayan Ülke, Buzul Dağı'nın arkasındadır. Oraya ulaşmak sizin işiniz değil. Kendini yerinden kaldıramayan küçük bir karahindibayla sorumsuz bir rüzgârın haddine mi düşmüş Güneşi Batmayan Ülke'yi bulmak! Ne kahramanlar ne güçlü canlılar aradılar o ülkeyi de ulaşamadılar yine. Şu halinize bakın. Ormandan bile çıkamazsınız siz. Aklınız varsa evinize dönün."

Karahindiba hayal kırıklığına uğramıştı. Küskün ve ağlamaklıydı. Rüzgâr'sa kızgın, hem de çok kızgındı. İçten içe umutsuzluğa kapılmıştı. Kime sorsalar Güneşi Batmayan Ülke'yi biliyordu ama hiçbiri nerede olduğunu söyleyemiyordu.

Karahindiba'nın küskünlüğüne bakılırsa belli ki o da umutsuzluğa kapılıyordu zaman zaman. Sonu olmayan bir yolculuğa mı çıkmışlardı yoksa? Bütün bu çabalar boş yere miydi yani?

Öyle ya...

Hiç ulaşamazlarsa Güneşi Batmayan Ülke'ye ne olacaktı?

Belki de gerçeklerle yüzleşmenin zamanıydı artık. Binlerce yıllık kadim bir ağaçtı Prometheus... Ondaki bilgi ve görgü kimde vardı ki? Yanılıyor olamazdı herhalde...

Rüzgâr'ın da inancını ve hevesini kırmıştı bilge meşe. İkisinden de tecrübeliydi elbette. Dediklerine itibar etmemek olmazdı. Bildiği bir şey olmasa böyle konuşur muydu hiç?

Rüzgâr çaresizce baktı Karahindiba'ya... Eğer o da evine geri dönmek isterse hiç itiraz etmeyecekti.

"Ne dersin?" diye sordu zayıf bir sesle. "İstersen seni ovaya götüreyim" dedi gönülsüzce...

Karahindiba düşünceliydi... Gözlerini kapayıp yapraklarını indirdi. Derken bir damla yaş süzüldü yanağından. Bir süre öylece durup bekledi.

Prometheus üstten bakarak izliyordu onları... Yapraklarını hışırdatarak konuşmaya başladı: "Biraz fazla üzerinize geldim sanırım. Benim kadar yaşlı bir ağacın en azından daha ihtiyatlı olması lazım. Her gün buradan sayısız canlı geçer... En kudretlisinden en ufağına... Hiçbiri bilmez benim yaşadıklarımı... Bu kökler... Bu kökler, öhö öhö..."

Bir anda öksürmeye başlamıştı yaşlı Prometheus. "Havadaki bu siyah zehir beni hasta ediyor sanırım."

Rüzgâr ise Karahindiba'nın bir adım önünde onu korumak istercesine duruyordu. Prometheus'un Karahindiba'yı daha fazla üzmesine izin veremezdi ama yaşlı meşe konuşmaya devam etti. "Bu kökler toprağın en derinine uzanır. Yeryüzündeki tüm ağaçların köklerine dokunur. Bu hem kudrettir hem de lanet..."

"Neden lanet?" diye sordu Rüzgâr merakla. "Bu kadar kudretli bir ağaç olmanın nesi lanet?"

Karahindiba masalları sevdiği için kafasını kaldırmış yaşlı meşeyi daha iyi görmeye çalışarak ovuşturdu gözlerini.

Prometheus Rüzgâr'a bakarak tüm köklere dokunduğunda her balta darbesinin ağaçların gövdesini yırttığını duymak zorunda kalırsın... Tak tak tak... Her seste bilirsin ki senin köküne sarılmış başka bir kök kurumaya başlayacak... Eskiden capcanlı olan bir dostunun sana sarılarak kuruması... Yeryüzünün en büyük acısıdır..." dedi.

Yağmur çiselemeye başlamıştı yine. Rüzgâr soluksuz dinliyordu yaşlı meşeyi.

"Dört bin yıl... Koskoca dört bin yıl bekledim... Birileri durdursun bu vahşeti diye... Kimse gelmedi."

Ormanın ortasında derin bir sessizlik hâkimdi.

"İnsanoğlunun acımasızlığı karsısında evim dediğim toprak ölülerle doldu... Gök hastalandı..." dedi Prometheus.

"Toprak! Toprak benim annemdir! Oxorža... Gök de babam! Hridayākāş!" diye haykırdı Rüzgâr. Derken sağanak yağmur başladı.

Yaşlı Prometheus Rüzgâr'ın gözlerine baktı. "Ah sevgili Rüzgâr... Bu âlemin yaramaz dâhi çocuğu... Gözünün önünde toprak ölümle dolarken ne hissettin? Ya gök zehirlenirken? Peki ya hiçbir şey yapamamak sana nasıl hissettirdi? Bu duyguyu sen de en az benim kadar tanıyorsun değil mi evlat?"

Rüzgâr güçlükle yutkundu. Ağlamamalıydı. Aksi halde sağanak halindeki bu yağmur yağmaya devam ederdi.

"İşte benim lanetim bu evlat. Baltanın sapı ağacın ta kendisiyken, ölümün de ta kendisi oldu... Tüm bunlara tanık olup hiçbir şey yapamayan ben, gün gelecek kardeşimin gövdesinden yapılmış bir baltayla yok olacağım..."

Rüzgâr hıçkırıklara boğuldu. Karahindiba Rüzgâr'ı arkasından atılıp "Yeter artık Prometheus! Rüzgâr'ı üzüyorsun!" diye bağırdı. "Sen ufacık bir baltaya boyun eğerken biz koskoca bir fabrikaya meydan okuyoruz! Durduracağız insanları! Durduracağız tüm bu vahşeti. Kurtaracağız ormanı..."

Prometheus afallamıştı. Eğilip Karahindiba'ya baktı... Koskoca Prometheus'un girmeye cesaret edemediği savaşın kahramanı bu cılız Karahindiba mı olacaktı?

Hımmm...

Hımmmm...

Hımmmmm...

"Yanılmışım sizin hakkınızda... Yaşlı Prometheus yanılmış... Ufacık Karahindiba ve yaramaz çocuk Rüzgâr... Beklediğim kahramanlar gibi değilsiniz ama bir kahramanı kahraman yapan gücü değildir zaten, umududur."

Hımmm...

"Güneşi Batmayan Ülke şu yönde çocuklar!"

O an yağmur hafifledi biraz.

Karahindiba Prometheus'a teşekkür ederek salladı başını. Rüzgâr da...

Gösterilen yöne doğru yürümeye başladıklarında Karahindiba dönüp yaşlı Prometheus'a geri koştu ve ufacık yapraklarıyla yaşlı meşenin koca gövdesine sarıldı. "Duyduğun tak tak sesleri sadece ağaçkakanlardan gelsin tamam mı yaşlı Prometheus?" dedi.

Elindeki mızıkayı yaşlı meşeye hediye etti.

"Ne zaman seni üzen bir ses duyarsan bu mızıkayı çal. Yaşlı Prometheus'un da bu ormandaki canlıların da biraz eğlenmeye ihtiyacı var."

Prometheus gülümsüyordu sadece...

Rüzgâr'ın gözlerine baktı ve dallarını eğerek fısıldadı kulağına:

"Dört bin yıl bekleme Rüzgâr... Tek bir gün var sadece... O da bugün... Güneşin batmasına izin vermezsen, o gün sona ermez..."

Rüzgâr cesaretlenmişti şimdi. Sonuçta ikisi de aynı lanetin pençesindeydiler. Acaba Rüzgâr'ın cesareti bu laneti kaldırmaya yeter miydi?

Bilinmez...

Karahindiba'yla yürümeye başladılar yine. Arkalarından Prometheus'un seslendiğini işittiler.

"Günün birinde balta girmemiş ormanı bulursanız eğer, tüm ağaçlara Prometheus'un ruhunun onları asla yalnız bırakmadığını söyleyin."

İki yolcu da başlarını sallayıp söz verdiler yaşlı meşeye ve gösterdiği yönde ilerlemeye başladılar.

Karahindiba, Rüzgâr'ın duygularını gizlememesinden çok etkilenmişti. Ne kadar da masumdu şu şapşal Rüzgâr!

Onun hüzünlü yüzüne bakarak "Biliyor musun?" dedi. "Biz çok şanslıyız. Güneşi Batmayan Ülke'yi yüzyıllardır bulamadıklarına göre, ilk bulanlar biz olacağız, düşünsene!"

Vooov!

Rüzgâr, yorgun bir gülümsemeyle karşılık verdi minik dostuna.

"Söylesene Karahindiba, bunca vahşete tanık olmuş gözler, ne kadar masum kalabilir ki?"

Derin bir sessizlik çöktü üzerlerine o an...

Kim bilir
belki de kurtarıcısını beklemekten usanan iki canlı
kahramanın kendileri olduğu bir masalın içindeydi...

4. Adım

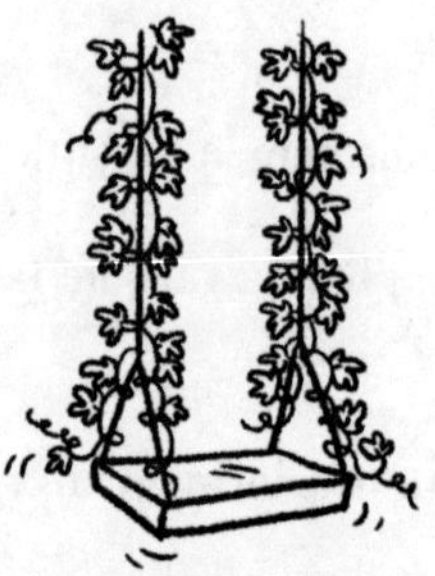

Karahindiba: Masal nedir Rüzgâr?

Rüzgâr: Dinlediğinde çocuk, yaşadığında kahraman olduğun bir hikâyedir Karahindiba...

Karahindiba ve Rüzgâr "Güneşi Batmayan Ülke"yi bulabilecekleri umuduna öylesine güçlü tutunmuşlardı ki farkında bile olmadan hızlanmıştı ilerleyişleri... Neredeyse nefes nefese kalacak kadar süratliydiler artık... Bir an evvel varmak istiyorlardı hayallerindeki o mükemmel ülkeye. Işıkla, düşle, umutla, sevgiyle ve sağlıkla dolu o ülkeye...

Göz açıp kapayıncaya kadar ulaşmışlardı caddeye... Oysa Simurg'la karşılaştıkları dağdan bakınca bile görünmüyordu bu sarı topraklı geniş yol.

Rüzgâr'ın aklında hep sonsuz, sapsarı bir ışık... Güneşin hiç ama hiç solmayan, güçlü ve sıcacık ışığı... Ah! Ne güzel bir hayatı olacaktı bundan sonra... Hiçbir şeyden korkusu kalmayacaktı artık. Ne huzursuzluk, ne kaygı, ne hırçınlık... Hepsi bitecekti. Hiç gece olmayacak, kendini korkuyla oradan oraya savurarak gün boyu kaçmak zorunda kalmayacaktı. Hep eğlenceli ve mutlu olacaktı. Ağaç dallarının arasında eserek şarkılar söyleyecekti doğayla birlikte. Kuşlara rehber olacak, çiçeklere birbirlerinin tozlarını taşıyacak, doğanın o eşsiz ve huzurlu kokusunu yayacaktı keyifle... Hele o tombik baları yok muydu? Onlar çok güldürürdü Rüzgâr'ı...

Of nasıl da güzel bir hayat...

Karahindiba için de bambaşka bir yaşam serüveni başlayacaktı elbette. Şu minicik haline rağmen en havalı çiçeği olacaktı yeryüzünün. Bulutlara ulaşabilen tek toprak canlısı sayılacaktı ne de olsa... Az şey mi bu? Hangi çiçek kanatlanmışçasına yarışabilmişti ki kuşlarla? Belki en yüksek dağın tepesinden ovayı da görebilirdi. Onunla dalga geçen tüm çiçeklerin suratı nasıl ekşiyecekti kim bilir...

Yorgunluktan bayılmak üzereydi Karahindiba artık... Bu hızlı ilerleyiş soluksuz bırakmıştı onu.

Asfalt yolun kenarında ilerlerken pis dumanlı bir toz fırtınası görüşlerini bulandırıp öksürtmeye başladı ikisini de...

"Neydi o öyle yanımızdan hızla geçen şey? Ne kadar büyük ve hızlı bir hayvandı o öyle? Üstelik boğucu da bir nefesi var... Hayatımda hiç görmedim" dedi Karahindiba.

"Hayvan değil o..." dedi Rüzgâr. "Araba! Tozu dumana kattı işte."

"Araba mı?" diye karşılık verdi Karahindiba güçlükle. "Öhö, öhö, öhö..."

Öksürüğünü yatıştıramıyordu bir türlü... Hâlâ kendine gelebilmiş değildi.

"Araba ne Rüzgâr?"

"İnsan icadı bir şey işte. Bir yerden bir yere yolculuk etmek için... Bazen o kadar çok araba aynı yolda ilerlemeye çalışır ki ortalık karışır. İnsanlar arabalarıyla birbirinin önüne geçmek için kavga bile ederler."

Karahindiba'nın gözlerinden yaşlar gelmişti öksürmekten. Yanlarından geçen arabanın yaydığı pis dumandan çok etkilenmişti. "Çok garip..." dedi. "Beraber yolculuk yapanlar birbiriyle neden kavga etsinler ki? Sonuçta aynı yöne gitmiyorlar mı?"

İşte bu sorunun cevabı hakkında hiçbir fikri yoktur Rüzgâr'ın. Her şeyi de o bilecek değildi ya...

"Bilmiyorum" demek yerine susmayı tercih etti.

Karahindiba'nın derin nefesler almaya çalışmasını izlerken, "Egzoz" dedi.

"Anlamadım?" dedi Karahindiba. "Bilmediğim şeyler söyleyip duruyorsun sürekli..."

"Arabanın yaydığı o pis duman öksürtüyor seni. Egzozdan çıkan zehirli gazlar yani..."

"Arabalar zehirli gaz saçıyorsa insanlar neden kullanıyorlar ki o zaman bu demirden hayvanları?"

"Aceleleri var..." diye karşılık verdi Rüzgâr. "Onlar sürekli bir yere yetişip duruyorlar çünkü..."

"Peki neden bu kadar acele ediyorlar? Gözüparıllar Ülkesi'ne gitmek için mi?"

"Gözüparıllar Ülkesi mi?" diye sordu Rüzgâr şaşkınlıkla.

"Evet! Ben hep rüyasını görürüm onların... Gözüparıl insanların... Hepsi fabrikalar kurmuyor ya! Ara ara gelirler ovaya... Onların gözü parlar mesela... Özellikle ufak olanların. Bir de benim gibi şarkı söyleyenler var. Ben de onlarla birlikte şarkı söylerim."

Rüzgâr kahkahayı patlattı yine...

"Şarkı mı?" dedi. "Peki senin gibi geveze de olur mu bu insanlar?"

"Tabii... Hepsi gevezedir. Ben çok konuşuyorum çünkü sen anlamıyorsun hiçbir şeyden. Masallar bile anlatır gözüparıl insanlar..."

Rüzgâr duraksadı biraz... Belli ki bir şeyler düşündü.

"Masal mı?" diye sordu sonra. "O ne demek?"

"Ohooo! Rüzgâr sen de hiçbir şey bilmiyorsun. Masallar en sihirli sözcüklerden oluşur. İçinde bir sürü macera olur. Kötüler olur, yolculuk olur, dostluk olur, aşk olur... Yani gerçek gibi ama gerçeğin daha da sihirlisi..."

Rüzgâr hayretle dinliyordu Karahindiba'yı.

"Bana bir masal anlatır mısın Karahindiba?"

"Anlatırım tabii ki Rüzgâr. Masal benim en iyi bildiğim şey... Bana masalcı Karahindiba bile derler ovada... Gerçi oradaki çiçekler sıkılmıştı artık benim masallarımdan. Yok efendim masallar çocuklar içinmiş, ben ne zaman büyüyecekmişim falan filan..."

Rüzgâr merakla bekliyordu Karahindiba'nın anlatacağı masalı. İlk masalını...

"Bu masalların sonunda kötüler kazanmaz değil mi Karahindiba?" diye sordu hüzünle...

Karahindiba sorunun cevabını vermeden başladı masalına:

"Evvel zaman içinde kalbur saman içinde ormanın birinde bir aile yaşarmış. Annenin ismi Çimen, babanın ismi Bulut... Bir de çocukları varmış, Lodos... Hep koşup oynarmış. Çok yaramaz, biraz da huysuz bir çocukmuş.

Ormanda keşif yolculuğu yapmaya bayılırmış. Her şeyle konuşurmuş, tüm bitkiler ve hayvanlar arkadaşıymış onun. Eğilen bitkileri düzeltirmiş, kuşlara yardım edermiş. O kadar yetenekli bir çocukmuş ki bir defasında yanan dev bir kuşun kanadını bile söndürmüş."

"O mu yapmış bunu, Lodos mu söndürmüş ateşi?" diye dayanamayıp araya girdi Rüzgâr.

"Evet. Lodos çok güçlüymüş. Kimseden korkmazmış. Herkese yardım edermiş. Ama en sevdiği şey, dev bir ağacın dalına asılmış salıncakta sallanmakmış."

Rüzgâr nasıl da keyifli ve coşkulu görünüyordu masal dinlerken. Hırçınlığından eser yoktu. Masal dedikleri şey meğer ne kadar sihirliymiş... Rüzgâr'ın dinmek bilmeyen huzursuzluğunu bile dindirmişti.

Karahindiba da karşısındaki keyifli dinleyicisinin memnuniyetinden hoşnut, devam ediyordu anlatmaya.

"Günün birinde bu dev ağacın yanına gelmiş. Dev Dedeağaç... Sarmaşıklarla bezeli tahta bir salıncağa oturmuş Lodos ve başlamış sallanmaya."

Rüzgâr masalı dinlerken daldığı hayallerin de etkisiyle huzurlu bir uykuya dalmıştı çoktan. Ama Karahindiba yine de devam etti anlatmaya:

"Lodos'un tek bir hayali varmış... Gözüparıllar Ülkesi'ni keşfetmek... Doğadaki arkadaşlarına haber verecekmiş, artık hep birlikte orada yaşayacaklarmış, herkes mutlu olacakmış sonunda..."

Korkuları yüzünden huzurlu bir uykuyu iyice unutmuş olan Rüzgâr için hayli uzun sayılabilecek bir uykuydu bu... Belki de ilk kez...

Kim bilir
belki de rüzgârı mışıl mışıl uyutan bir masal
tüm canlıları uykudan uyandıracaktı...

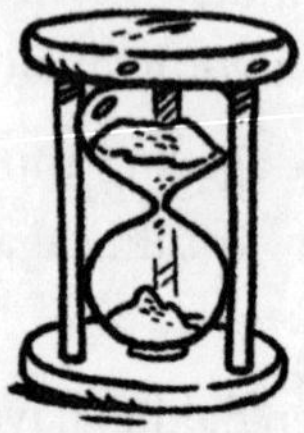

Karahindiba: Acele etmek nedir Rüzgâr?

Rüzgâr: Yolun anlamını yitirmesidir Karahindiba...

Gözünü açtığında derin bir uykudan uyandığını fark eden Rüzgâr, telaşlandı birden.

"Eyvah!" diye bağırdı. "Geç kaldık!"

"Geç kalmak mı? Ama yolculuğun kendisidir önemli olan... Gideceğiniz yer aceleyle varılacak bir yer değil ki..." diye karşılık verdi yaşlı bir ses...

İkisi de oldukları yerde donup kaldılar bir an.

Kim konuşuyordu böyle?

Başlarını çevirip etraflarına bakındıklarında gördükleri şey karşısında ne yapacaklarını bilemediler. Yolun kenarında, her an kırılmaya hazır gibi görünen ahşap bir sandalyeye oturmuş, asırlarca susuz kalmış bir toprak kadar çatlak dudaklarının arasına sıkıştırdığı küçük saman parçasını geveleyip duran bu beyaz tüylü canlı da kim?

Karahindiba ile Rüzgâr'ın şaşkınlığı uzayıp giden sessizlik karşısında artıyordu ister istemez. Hatta sanki korkmaya bile başlamışlardı.

"Korkmayın korkmayın, ben Hora Usta..." dedi yaşlı adam kıs kıs gülerek. "Hiç mi insan görmediniz daha önce?"

Görmüşlerdi elbette... Ama bu insan çok yaşlı gibi görünüyordu. Yani bu kadar yaşlısını ikisi de görmemişti daha önce... Fakat gözleri, tıpkı ufak insanlarınki gibi parlıyordu...

"Hora Usta" diye tekrarladı Karahindiba şaşkın bakışlarını adamın üzerinden bir an olsun geri çekmeyerek. "Demek Hora Usta..."

"Ben çok insan gördüm ama bunun kadar yaşlısını, bunun kadar tuhafını görmedim" diye söylendi Rüzgâr. "Hayalet gibi çıktı karşımıza tozun içinden... Araba yolunun kenarında oturmak da neymiş?"

"Hayalet değilim merak etme evlat..." dedi Hora Usta. "Zamanın bekçisiyim ben..."

"Sen! Nasıl duyabiliyorsun bizi?" diye sordu Rüzgâr gözlerini açarak. "İnsanlar çiçeklerle konuşur gibi yaparlar, rüzgârı dinler gibi yaparlar ama aslında hiç duymazlar ne dediğimizi... Sen nasıl yapabiliyorsun bunu?"

"Dedim ya işte... Ben zaman bekçisiyim çocuklar... Çiçekleri de işitirim, ağaçları da, rüzgârı da, hayvanları da..."

Rüzgâr inanamıyor gibi sallıyordu başını. "Diğer insanlar neden duymuyor da sadece sen duyabiliyorsun beni? Zamanla ne ilgisi var ki bunun?"

"Az önce sen dedin ya aceleleri var diye... İşte bu yüzden duyamıyorlar doğanın sesini. Ama duyuyor gibi yapıyorlar çoğu zaman... Haklısın... Çiçeklerle konuşuyorlar ama sohbet etmiyorlar. Hayvanlarla konuşuyorlar ama onları duymuyorlar. Bir canlıyla konuşmak başka şey, bir canlıyla sohbet etmek başka... İnsanlar ikisini birbirine çok karıştırıyor maalesef... Aslına bakarsanız artık birbirleriyle de sohbet edemez oldukları için çıkardıkları her sesi anlamlı sanıyorlar..."

"Hiçbir şey anlamıyorum" diye araya girdi Karahindiba. "Acele etmeselerdi duyarlar mıydı bizi yani?"

"Elbette duyarlardı" dedi Hora Usta.

Ayağa kalktı ve usulca adım atmaya başladı toprağın üzerinde... Sanki üzerine basmıyor ayaklarıyla adeta okşuyordu yeri.

"Şışşşt..." dedi sonra alçak sesle. "Toprak gebedir bu mevsimde... Sert basmamak ve çok ses etmemek gerek."

Yavaşça toprağa eğilen Hora Usta, elini usulca dayadı yere... Sonra aynı şeyi Rüzgâr'ın da yapmasını istedi.

Düşünceli bir şekilde söyleneni yaptı Rüzgâr... Tüm varlığıyla serdi kendini toprağın üzerine... O an her şey durdu Rüzgâr için. Sesler kesildi. Zaman durdu.

Ne sihirli bir andı bu böyle... Sanki Karahindiba'nın anlattığı masal devam ediyordu. Sessizliğin anlattığı bir masal...

Karahindiba, gözünün önünde olan biteni izliyordu merakla.

"Bak evlat..." dedi Hora Usta. "Dur ve hisset toprağı. Kendinden kaçarak varamazsın hiçbir yere..."

Rüzgâr söyleneni yaptı. Esinti kesildiği an, hayatı boyunca ilk kez duydu kendini...

İyi de bugüne kadar duydukları neydi o zaman? Yoksa esintinin gürültüsü sağır mı etmişti onu?

Hora Usta'nın sözleri ikisinin de kalbine dokunuyordu adeta. Bir insan tarafından işitilebiliyor olmak ne kadar da duygulandırmıştı onları. Bu an hiç bitmesin diye geçiriyorlardı içlerinden. Aceleleri olmasa günlerce, belki haftalarca burada kalıp sohbet edebilirlerdi Hora Usta'yla...

"Zamanın bekçisi ne demek?" diye sordu Karahindiba. "Zaman kaçıp gitmesin diye mi tutuyorsunuz onu?"

Yaşlı adam keyiflenmişti yine Karahindiba'nın bu çocuksu, masum sözlerinin üzerine. Kekeler gibi kesik kesik gülmeye başladı. Bu haliyle ne kadar da sevimli görünüyordu.

Karahindiba gözüparıl bir insanın ne yaparsa yapsın çirkin görünemeyeceğini geçirdi içinden. Yaşının kaç olduğunu unutmuş, bu bembeyaz buruşuk adam bile ağzında dişleri olmadığı halde gülerken öylesine güzel, sevimli ve sıcacıktı ki insanoğlunun en kıymetli icadı olmalıydı gülebilme kabiliyeti...

"Hep gül lütfen..." diye diledi Karahindiba içinden. "Hora Usta hep gül lütfen..."

Rüzgâr hayretle bakıyordu Hora Usta'ya... "Kaç yaşında acaba?" diye sordu minik dostuna. İkisinin de bir tahmini yoktu.

"Zaman öyle kaçıp giden, yakalamazsan kaybolan, yakalarsan yerinde sabit tutulabilen bir şey değildir..." dedi Hora Usta. "Zaman bir sarmal... Sonsuz bir döngü... Ne dün var ne yarın. Bu yüzden bir yaşım yok benim. Çünkü sayılar, hesaplar, yıllar üzerinden her şeye, her nesneye bir yaş ve ömür biçmeler hep insan icadı, sahte şeyler. Yanlış bir hesap... Yaş diye bir şey yok...

Sen kaç yaşındasın mesela Rüzgâr?

Peki ya sen Karahindiba?

Ne önemi var sayıların?

Kaç fırtına ile ölçeceksin yaşını Rüzgâr?

Peki ya sen kaç gün doğumuyla ölçebilirsin ki yaşını Karahindiba?"

Hora Usta, ahşap sandalyesine usulca geri oturduktan sonra anlatmaya devam etti.

"Zaman en değerli şeydir... Ama hapsedilmeye, tutulmaya gelmez. Zamanı tutmaya çalışanlar hep kaçırırlar ellerinden. Acele edenden kaçar zaman... Niye acelen olsun ki? Zamanın doğasını anlarsan eğer, uysal bir çocuk olur yanına gelir. Seni okşar, sever zaman..."

Bu sırada "Vınnn!" diye bir kamyon geçmez mi yoldan? Ortalık yine toz duman... Karahindiba hazırlıklıydı ama bu kez... Minik yapraklarıyla kapatmıştı ağzını burnunu. Ne var ki ikisi de irkilmişti kamyonun hızlı ve gürültülü geçişinden.

Hora Usta, ne kadar da sakindi oysa... Acı bir gülümsemeyle, "Bunca telaş..." dedi. "Ölüme gittiklerini bilmeden..."

Derin bir sessizlik oldu o an aralarında. İçi ürpermişti Karahindiba'nın.

"Ölüm mü?" dedi sesi titreyerek.

"Ölüm önemsizdir Karahindiba..." dedi Hora Usta. "Toprağa düşmek zanneder insanlar ölümü... Oysa zamanın bitmesi demek değil, anlamını yitirmesi demektir sadece... Acele ederken ölür insan. Acele ve telaş, sana en sevdiğinin yüzünü bile göstermez. Yanından geçer gidersin evladının. Sevdiğinin gözlerine kör eder seni. Çalar hayatın sihrini... Uyanırsın bir çalar saatle sabahları... İşe gitmek için acele edersin... Bilmezsin ki bir çalar saat, çalacaktır yaşamının tüm sihrini... İsmi de buradan gelir zaten... Bunca acele, bunca telaş ne için?"

Hora Usta yerinde doğruldu hafifçe.

"Ya sen Rüzgâr? Aceleyle kaçtığın karanlığınla yüzleşmeyeceğini mi sanırsın? Kim kaçabilmiş zamanın büyüsünden?"

Karahindiba bazen Rüzgâr'a bakıyordu merakla bazen Hora Usta'ya... İkisi arasında geçen sohbeti anlamaya çalışıyordu...

Rüzgâr ise sessizdi.

"Peki ya karanlıktan aceleyle kaçarken çıktığınız bu yolculuk, hiç mi bir şey katmadı size? Gezdiğiniz onca yer, gördüğünüz onca canlı... O sırada zaman sizinle miydi? Durdu mu hiç yanınızda? Yoksa siz acele ettikçe kaçtı mı?" diye devam etti Hora Usta.

Karahindiba araya girdi hemen:

"Zamanı nasıl hissedebiliriz?" diye sordu.

"Acele etmeyi bırakarak... Sevdiklerine zaman hediye ederek..."

Karahindiba, minik adımlarla Rüzgâr'ın yanına yürümeye başladı bunun üzerine. Kısacık yapraklarını uzatarak "Al Rüzgâr" dedi.

Rüzgâr, Karahindiba'nın boş yapraklarına bakakaldı öylece, şaşkındı.

Hora Usta dayanamayıp bir kahkaha patlattı.

"Gördüğüm en bilge bitkilerden birisin sen küçük Karahindiba..." dedi. "Gel bak sana ne göstereceğim..."

Karahindiba kendisine bilge denilmesinden hoşnut, Rüzgâr'a baktı.

O bir bilgeydi işte...

İhtiyar adam nasıl da bilmişti? Sadece kibirli Rüzgâr küçümsüyordu bu minik çiçeğin bilgeliğini... Bir de ovadaki çiçekler...

Yanındaki bodur masanın başına oturttu Karahindiba'yı. Kıvrık camlı bir şey duruyordu masanın üzerinde... İçinde bir şeyler akıyordu sanki.

"Bu kum saatidir Karahindiba. Zamanı hisseder... Ruhsuz çalar saatlere benzemez hiç. Bak bu kum taneleri var ya... Her biri bir anıdır yaşama dair... Hepsi birer masaldır tıpkı senin anlattıkların gibi..."

"Her biri bir masal mıdır?" diye heyecanlandı Karahindiba. "Uffff! Kaç tane sihirli masal vardır bunun içinde?"

"Sonsuz... Tıpkı zaman gibi... Sonsuzdur ve sonlu olan her şeyden daha değerlidir..."

"Peki ya insanlar?" diye sordu Karahindiba. "Onlar neden anlamıyor zamanı?"

"Artık kum saati kullanmadıkları için..."

Kim bilir

belki de her kum tanesine âşık olan bir canlı

o kum tanesinin masalı olabilirdi...

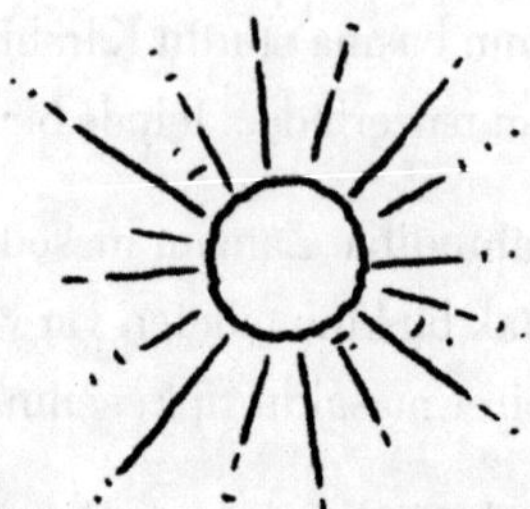

Karahindiba: Zaman ne demek Rüzgâr?
Rüzgâr: Her "an"ın değerini bilmektir Karahindiba...

"Gel seninle bir oyun oynayalım..." dedi Hora Usta. "Eğer yeterince sessizleşirsen, yeterince hissedersen ve en önemlisi yeterince seversen, kum taneleri yavaşlayacaktır."

"Yok artık!" diye geçirdi içinden Karahindiba. Fazla sorular sorup oyunun eğlencesini kaçırmak da istemedi ama...

"Tamam" dedi.

"Hadi dene o zaman..."

Karahindiba derin bir nefes alıp tuttu içinde. Heyecanla kum tanelerini durdurmaya çalıştı. Havasızlıktan kıpkırmızı oluncaya kadar kendini zorladıysa da başaramadı kumların hızını kesmeyi.

Oyunu merakla izleyen Rüzgâr, gözlerini alamıyordu Karahindiba'dan. Bu haliyle çok da komik görünüyordu açıkçası... Pamuk saçlarının kızarmaya başlaması eğlenceliydi. Karahindiba dayanamayıp nefesini bıraktığında Hora Usta'yla gülüşmeye başladılar karşılıklı...

Rüzgâr'ın zihninde oyunun en ilginç cümlesi yankılanıp duruyordu sadece:

"Yeterince seversen... Kum taneleri yavaşlamaya başlar..."

Kahkahalar atan Karahindiba'yı izlerken tenine bir şey dokundu Rüzgâr'ın.

Zaman...

Bir anda irkildi Rüzgâr. Bu nasıl bir sihirdi?

Ufacık bir karahindiba ile rüzgârın masalı zamanın kalbinde mi yeşeriyordu yoksa?

Kum taneleri sanki havada asılı kalmıştı o an.

Zaman...

Kaçmayı bırakmıştı artık...

Ancak günbatımının giderek yaklaşması, Rüzgâr'ı sarsarak kendine getirmeye yetti. Ne yapacağını bilmez halde bekliyordu huzursuzca.

Hora Usta'yı dinlemenin eşsiz bir zevki vardı. İkisi de ayrılmak istemiyorlardı yanından. Ama ulaşmaları gereken bir hedefleri vardı önlerinde. Yola düşmeleri gerekirdi. Burada uzun uzadıya kalıp sohbet edemezlerdi.

"Çok gecikiyoruz" diye içinden geçiren Karahindiba, kendini suçüstü yakalamış gibiydi adeta. Hora Usta'nın zaman hakkında anlattıklarını dinledikten sonra onu anlamaktan söz ettiği halde, acele etmeyi düşünebiliyor olmasına hayret ediyordu. Aklı iyice karışmıştı küçük bulut kafanın... Günbatımının yaklaşmakta olduğunun farkındaydı o da. Rüzgâr'ı üzmek istemezdi...

"Biz yola koyulalım" dedi sonunda çaresizce.

Rüzgâr da şaşırmıştı bu sözleri işitince. Hora Usta ne kadar haklı olursa olsun, sonuçta acele etmeleri gereken bir şey vardı hayatlarında.

Hora Usta, tatlı mı tatlı bir kahkaha daha attı.

"Ah çocuklar ah..." dedi. "Neymiş aceleniz bakayım? Nereye varacaksınız bir an evvel?"

Rüzgâr lafı hiç döndürüp dolandırmadan bir çırpıda anlattı olan biteni. Karahindiba'yla nasıl tanıştıklarını, Güneşi Batmayan Ülke'yi bulma hayallerini ve yol boyunca başlarından geçenleri...

"O yüzden gitmemiz gerek..." dedi Rüzgâr. "Güneşi Batmayan Ülke'yi bir an evvel bulmak zorundayız..."

"Bir an evvel mi? Anlar insanlara benzemez evlat. Birbirleriyle yarışmazlar. Öne geçmezler. Çarpışmazlar... Bunu artık biliyor olman lazım. Kum taneleri sana kadim sırdan söz etmedi mi?"

Rüzgâr sessizdi... Hora Usta onu zamanla tanıştırmıştı ne de olsa.

Yerinden kalkıp yolculara gitmeleri gereken yönü gösterdi Hora Usta.

“Yolun tadını çıkarın, acele etmeyin...” dedi. “Nefes nefese ulaşamazsınız Güneşi Batmayan Ülke’ye. Yola düşen bir seyyahın kaderi kendine varmaktır...”

İlerlemeye başladıkları sırada Hora Usta seslendi arkalarından.

“Hey Karahindiba!”

Karahindiba heyecanla dönüp baktı yaşlı adama.

“Anlattığın masalın sonunda Lodos Gözüparıllar Ülkesi’ne gitti ya hani, orada herkesin birer tane kum saati var mıydı?”

Karahindiba gülümsedi. “Evet...” dedi kendinden emin bir sesle. “Hem de biiir sürü renkte kum saatleri vardı.”

Kim bilir
belki de aceleyle harcanan her kum tanesi
asla verilememiş bir öpücüğün
asla okunmamış bir şiirin
asla yaşanmamış bir aşkın esiriydi...

5. Adım

Karahindiba: Korku nedir Rüzgâr?
Rüzgâr: Sevginin eseceği yönü kaybetmesidir Karahindiba.

Şehre doğru yola koyuldular birlikte...

Karşılarına ne çıkacağını bilmeden, başlarına neler gelebileceğini öngöremeden, bir bilinmezliğe doğru süzüldüler usulca...

Kendi hikâyelerinin kahramanları olabilmek için atılmışlardı bu maceranın içine ne de olsa. Sonun ne olacağını düşünecek kadar yetişkin değildiler sonuçta...

Karahindiba bir şeyi hatırlayıp gururla kaldırdı minik omuzlarını:

"Duydun mu Rüzgâr, Hora Usta bana ne dedi?"

Rüzgâr hatırlamaya çalıştı ama nafile...

"Bilge dedi. Bilge bir çiçeksin sen dedi bana."

Kısık sesle yakındı bunun üzerine Rüzgâr. "Ah bir de hiç susmadığını bilse..."

Karahindiba huysuzlanmıştı. Başını çevirip minik ama seri adımlarla yürümeye devam etti şehre doğru.

Rüzgâr hemen arkasından yetişip gülümseyerek esmeye başladı etrafında. Biliyordu ki Karahindiba o cılız kökleriyle uzaklara gidemezdi... Kudretli Rüzgâr'ı aşması mümkün değildi. Korkularının olması Rüzgâr'ı güçsüz kılmazdı ne de olsa...

Rüzgâr arayı yumuşatmak için konuşmaya başladı. "Sen şimdi aşırı güçlüsün ya... Senin korktuğun hiçbir şey yok mu yani?" dedi.

Karahindiba'nın kızgınlığı bir anda geçti. Ne kadar da hafifti hayata karşı... Halbuki Rüzgâr'ın kırgınlığı ağırlaştırmamış mıydı onu?

"Ben pek bir şeyden korkmam. Birazcık tombik ayaklı hayvanlardan korkarım... Çünkü onlar biz bitkilerin üzerine basarsa bir daha doğrulmamız çok zor oluyor. Biraz da fır... fırtınadan..." dedi. Düşüncesizce ağzından çıkan sözleri sonradan fark etti...

Rüzgâr donup kalmıştı. "Fırtına mı? Yani... Ben mi?"

"Evet, çünkü sen öfkelenince ya da korkunca fırtınalar kopuyor ovada... Hem tek ben değil, bütün bitkiler, koca koca hayvanlar da korkuyor. Göz gözü görmüyor o anda, hepsinin kökleri kopacakmış gibi oluyor... Tam bir karmaşa..."

"Peki neden benimle çıktın yola? En korktuğun şeyle?"

"Çünkü fırtınanın içindeki rüzgârı gördüm."

Rüzgâr sessizliğe gömüldü... Belki de ilk kez bir canlı ona kızmak yerine onu anlamaya çalışıyordu. Sessizce esmeye devam etti Karahindiba'nın yanında...

Rüzgâr'ın düşüncelere dalmasından hoşlanmıyordu Karahindiba. Çünkü eğlenceli görünmüyordu bu haliyle...

"Rüzgâr..." dedi dayanamayıp. "Sen Güneşi Batmayan Ülke'yi neden arıyordun sahiden?"

"Çünkü... Çünkü korkuyorum..." dedi Rüzgâr kısık bir sesle.

"Ama sen rüzgârsın" diye karşılık verdi Karahindiba. "Benden daha güçlü, daha hızlı, daha büyüksün... Çok kudretlisin! Sen doğanın kahramanısın... Korkamazsın ki?"

"Evet ama bazen büyük kahramanların, kendileri kadar büyük korkuları da olur. Bazen yardıma koşmak için esersin, bazen karanlıktan kaçmak için..."

"Kahramanların da korkuları olur..." diye geçirdi içinden Karahindiba. "Kahramanların da korkuları olur..."

Kim bilir
belki de dev korkuları olan
iki masum kahramanın masalı
tüm canlılara ilham olurdu...

Karahindiba: Özgür olmak ne demek?

Rüzgâr: Başka canlıların çığlıkları sona erdiğinde esebilmektir Karahindiba...

"Keşke biraz toprak bulabilseydik" diye kendi kendine söylendi Karahindiba. Bu halde yola daha fazla devam edemeyeceğinden endişe ediyordu. Küçük yapraklarının solup pörsüdüğünü görebiliyordu artık. Gövdesi öyle susuz kalmıştı ki boynu epey incelmiş, tüylü koca kafasını taşımakta zorlanır hale gelmişti. Sürekli boynu eğik yürüyordu artık.

Rüzgâr, çelimsiz arkadaşının hiç de iyi görünmediğinin farkındaydı. Şehirde fazla oyalanmasalar iyi olacaktı ama Karahindiba'yı kalabalığın arasında zarar görmeden ilerletmek hiç de kolay değildi. Şehrin içinden geçip gitmek Karahindiba'ya ağır bedeller ödetecek gibiydi. Keşke sadece doğanın koynundan geçerek ilerlemek mümkün olsaydı ama ne yazık ki her karış toprağı işgal etmişti insanlar... Minicik bir karahindibayı güvenle bir yerden bir yere taşımaya fırsat vermiyorlardı, doğanın her parçasını istila etmişler, kuşatmışlardı.

Bu küçük bulut kafayı milyonlarca insanın caddelerinde oradan oraya koşturup durduğu bir şehirde korumaya çalışmak, Rüzgâr için de hayli yorucu ve zorlayıcıydı.

Fazlasıyla çaba gösteriyordu Karahindiba'yı sağ salim şehirden çıkarabilmek için. Hem artık uzun uzadıya ilerleyemiyordu Karahindiba. Sürekli durup dinlenme ihtiyacı duyuyordu.

Gölgeli bir yerde durup dinlenirken havanın erken karardığını düşündü. Başını kaldırıp baktığındaysa gördüğü şeyleri açıklayamadı kendine.

"Ne kadar büyük ağaçlar bunlar böyle Rüzgâr!" dedi. "Hayatımda görmedim."

"Onlar ağaç değil..." dedi Rüzgâr, Karahindiba'nın şaşkınlığına gülerek. "Gökdelen onlar... İnsanlar inşa ediyor bunları. Gökdeleni ilk gördüğümde ben de heyecanlanmıştım. Çok esaslı görünüyordu... Sonra içine yerleşen insanları izledim..."

Gökdelenlere bakıyordu Rüzgâr anlatırken.

"Biliyor musun Karahindiba? Bu dev binaların içinde yaşayan insanlar hiç gülmez."

Karahindiba da hayranlıkla gökdelenleri izlemeye devam ediyordu, bir kulağı Rüzgâr'da.

"Neden mutsuz olsunlar ki?" diye sordu. "Ben bu mevsim biraz boyum uzadı diye ne kadar da heyecanlanmıştım. Sonuçta buluta değmek istiyorsam boyumun uzaması lazım. Bu insanlar bir garip Rüzgâr. Benim boyum şu gökdelen kadar uzun olsaydı çok mutlu olurdum."

"İnsanlar gariptir Karahindiba... Hem de çok garip... Toprakla da mutlu olmazlar gökle de..."

Çarşıdaki insan kalabalığı hem çok ürkütücü hem de Karahindiba için çok tehlikeliydi. Her an birinin ayakları altında ezilip yaralanabilirdi. Onu koruyabilmek için aklını kaybedecekti Rüzgâr neredeyse...

Bu yüzden bir mağazanın camekân denizliğine çıkardı onu. İnsanlar buraya da basacak değillerdi ya? Karahindiba burada da biraz vakit geçirmek zorunda kaldı. Kalabalık kafilenin geçmesini bekledileri. Gökdelenlerdeki insanların öğle yemeği saati olduğu için ortalık fazla kalabalıktı.

Camekândan mağazanın içini izlerken çerçevelerdeki kelebekleri fark etti Karahindiba. Çok ilgisini çekmişti gördükleri... Sayısız kelebek arkadaşı vardı ovadayken. Onlar kanat çırptıkça Karahindiba da yapraklarını çırpar kelebek gibi uçmaya çalışırdı.

Karahindiba bir şeylerin yolunda gitmediğini anlamıştı ama hemen. Bu kelebekler neden bir çerçevenin içinde hareketsiz duruyorlardı ki?

İlginç...

"Rüzgâr!" diye seslendi merakla. "İnsanlar kelebekleri çok seviyorlar galiba."

"Sevmez olurlar mı hiç?" dedi Rüzgâr. Onun da dikkati çerçevenin içindeki ölü kelebeklere kaymıştı hüzünle... Karahindiba'ya bunu açıklamak kolay olmayacaktı. Çok üzülecekti belli ki. Eski dostlarıyla karşılaşmanın heyecanı içindeydi üstelik...

"İnsanlar kelebekleri kırlarda sevmezler ama..." diye devam etti Rüzgâr. "Çerçevelerin içine hapsettikleri kurutulmuş ölü hallerini daha çok severler."

"Kurutulmuş, ölü kelebekler mi!?" diyerek irkildi Karahindiba. Büyük bir üzüntüyle baktı çerçevelerdeki hareketsiz kelebeklere... "Olamaz!" diye bağırdı. "Kanat çırpmayan bir kelebek nasıl güzel olabilir, insanlar bundan nasıl hoşlanabilir?" diyerek ağlamaya başladı.

"Bu insanlar çok küstah!" diye yakındı. "Bir kelebeği rüzgârsız bırakmaya cüret edebiliyorlar işte... Onu öylece kurutup canını alabiliyorlar."

Rüzgâr sessizdi. Ne diyebilirdi ki Karahindiba'ya?

"Ben de rüzgârsız kalsam ölürüm..." dedi Rüzgâr'a bakarak.

"Ben de bulut kafasız kalsam..." diye başladı ama sonunu getiremedi Rüzgâr.

Kim bilir
belki de kanat çırpmasına izin verilmemiş bir kelebeğin rüzgârı
ovadaki karanlık bulutları kovmaya yetecekti...

Karahindiba: Canlılar neden acı çeker Rüzgâr?

Rüzgâr: Yeterince sevemedikleri için..
Bazen de sevilmedikleri için Karahindiba...

"İnsanların hayvanlara duyduğu sevgi çok aptalcaymış Rüzgâr!" dedi Karahindiba sinirli bir sesle.

Rüzgâr Karahindiba'ya bakıp kahkahayı patlattı... Kuşkusuz ki sinirli hali çok komik oluyordu bu bulut kafanın...

Sonra konuya geri dönüp "İnsanların birbirlerine duydukları sevgi de öyledir Karahindiba" dedi. "Kime âşık olursa onu kafese koymak ister insan. Bu gerçek bir sevgi değildir oysa, bilmezler. Sevgi özgür bırakmaktır. Kilometrelerce uzakta olsa bile sevdiğinin saçını okşayan rüzgârı koklamaktır."

Çarşıdan yeni uzaklaştıkları halde karşılarına çıkan ilk yapının önünde durup duvar dibinde soluklanmak istedi minik bulut kafa. Toprağa ve suya ihtiyacı vardı gerçekten. Yine de hastalanmış, güçsüz düşmüş görünmek istemiyordu mızıkçı Rüzgâr'ın yanında.

"Çok durmayacağım Rüzgâr, merak etme..." dedi. "Biraz daha dinleneyim yeter. Hemen devam ederiz yola..."

"Sorun değil" dedi Rüzgâr ama kaygılıydı minik dostundan yana. Tapınağın önünde uzun süre rahatlıkla duramazlardı tabii... İnsanlar girip çıkarlardı sürekli, yanlışlıkla Karahindiba'nın üzerine basacaklar diye ödü kopuyordu Rüzgâr'ın.

"Burada uzun kalmazsak iyi olur..." dedi. "Burası bir tapınak... Çok kişi gelir gider. Rahat edemezsin. Ayrıca zarar da görebilirsin. Üzerine basacaklar diye korkuyorum."

"Tapınak mı?" dedi Karahindiba, başını çevirip inceleyen gözlerle binaya bakarken. İlginç bir canlıydı. Ne şehirde gördüğü evlere benziyordu ne de gökdelenlere... Mermerden merdivenleri, ahşap bir kapısı ve küçük renkli pencereleri vardı. Gri renkli bir kayanın içine oyulmuş gibiydi adeta. "İnsanlar ne yapar tapınaklarda?" diye sordu Karahindiba.

"Ayin yapıyorlar..." dedi Rüzgâr. "Yüce yaratıcıyla bağ kuruyorlarmış böylece..."

"Yüce yaratıcı ne demek ki?"

"Canlılara yaşam üfleyen demekmiş."

"O zaman bitkiler de yüce yaratıcı mı yani, ağaçlar da mesela?"

"Hayır Karahindiba" dedi Rüzgâr bıkkın bir ifadeyle. Karahindiba'nın bu kadar deneyimsiz ama öğrenmeye meraklı olması bazen canından bezdirmiyor değildi Rüzgâr'ı... Her şeyi de bilmek zorunda değildi ya? Nasıl anlatacaktı yüce yaratıcıyı Karahindiba'ya?

"Ağaçlar tabii ki yüce yaratıcı değil..." dedi Rüzgâr. "İnsanlar ağaçları kesip bu tapınaklardan yapıyorlar. Burası yaratıcının evi..."

"İyi ama bizim evimiz, yuvamız doğa değil mi? Yuvaları yıkarak yapılan evler mutluluk verir mi ki insanlara?"

"Bilmiyorum..." dedi Rüzgâr. "İnan ki bilmiyorum Karahindiba... Ama sanırım vermez."

Karahindiba'nın yaslandığı duvarın dibinde yatan adamın elindeki su şişesi kucağından yuvarlanıp boşalınca Karahindiba'nın köklerine biraz su değdi ve tatlı bir serinlikle birlikte tarifsiz bir rahatlama hissetti.

"Ah ne iyi geldi su..." dedi. "Gücümü topladım sanki..."

Suyun kimden akıp geldiğine bakmak için başını çevirdiğinde yanındaki adamın diğerlerine pek de benzemediğini fark etti. Kıyafetleri koşturan insanlarınki gibi değildi mesela. Yırtık pırtıktı üstü başı, ayakkabıları eskiydi, sakalları göğsüne kadar uzamış, gözleri saçlarından görünmez hale gelmişti.

"Bu da kim?" diye sordu Karahindiba. "Diğerlerine hiç benzemiyor. Herkes oradan oraya koşturup dururken neden bu adam sokağın ortasında boylu boyunca uzanmış yatıyor?"

"O bir evsiz..." dedi Rüzgâr, Karahindiba'nın kulağına fısıldayarak. "Tanıyorum onu. Her gelip geçtiğimde görürüm. Ne evi var ne ailesi... Yapayalnız bir adam... Bir dolu felaket gelmiş başına. Sokaklarda yaşıyor işte böyle. Dileniyor. İnsanlar ona acıyıp yemek ve su veriyorlar."

İnanamıyor gibi başını salladı Karahindiba. "Hiç arkadaşı da yok muymuş bu adamın?" diye sordu.

"Vardı mutlaka..." dedi Rüzgâr. "Hatta hayalleri bile vardı eminim. Ama etrafındakiler duymamışlar onu, anlamamışlar ya da..."

Düşünceli bakışlarla uzaklara dalıp gitmişti Karahindiba. "Öyle olur..." dedi çokbilmiş bir tavırla. "Hayallerini anlatamadığında yalnızlaşır her canlı... Mesela ben de çok yalnız hissediyordum kendimi" dedi boynunu bükerek... Sonra heyecanla kaldırdı yüzünü yerden. "Ta ki sen çıkıp gelene kadar..." dedi. "İşte o zaman değişti her şey..."

Bu iltifat pek hoşuna gitmişti Rüzgâr'ın... Biraz daha tadını çıkarmak isterdi ki cevaplamaya çok da hazır olmadığı bir soru sordu Karahindiba:

"Senin ailen nerede Rüzgâr?"

Ne söyleyeceğini bilemedi Rüzgâr. Hüzünlü bir tebessümle bakıyordu Karahindiba'nın yüzüne. Belki de artık itiraf etmeliydi. Artık ailesi sayılırdı Karahindiba onun. Çünkü bütün canlılar arasında sadece o Güneşin Batmadığı Ülke'ye yolculuk yapacak kadar cesaretli ve inançlı davranmıştı.

"Benim ailem sensindir belki..." dedi Rüzgâr. "Sonuçta ikimiz de aynı hayale inanıyoruz... Bu bizi aile yapmaya yeter bence..."

"Ben bu yüce yaratıcı olan kişiyi sanırım anlamadım... Yüce yaratıcı nasıl bir şey?"

"İnsanları yaptıkları iyilikler için ödüllendiriyor... Yaptıkları hatalar için de cezalandırıyor."

"Ceza mı? Ne gibi mesela? Tek kök üstünde durma cezası gibi mi mesela?"

İşte bu konu hakkında yüksek sesle konuşmayı hiç istemedi Rüzgâr. Minik dostunun kulağına eğilerek, "Sanırım yakıyor" dedi.

"Ne!" diye yerinde zıpladı Karahindiba... Gözleri fal taşı gibi açılmıştı. "Yakıyor mu? Ne biçim bir ceza bu böyle?"

Rüzgâr sessizdi artık... Ne söyleyebilirdi ki bunun üzerine?

"Ama bu çok canını acıtır canlıların!" diye yakındı Karahindiba.

"En kötüsü ne biliyor musun bulut kafa? Bu tapınaklarda verilen kararlar çoğu zaman doğru değil..."

"Nasıl yani?"

"Bu tapınaklarda iyilik ölçülmüyor. Kötü insanlar garip kıyafetler giyerek yüce yaratıcı adına konuşuyorlar. Onun gücünü övüyorlar. Sokağa çıktıklarında tüm canlılara kaba davranıyorlar. İyi insanlara günahkâr diyorlar, kötü insanlara da aziz..."

"Günahkâr ne demek Rüzgâr?"

"Yüce yaratıcı tarafından yakılması gereken..."

"İyi de hata yapan bir canlının canını yakmak ona iyi gelir mi ki?"

Rüzgâr, minik dostunun bu şaşkınlığına hak veriyordu ama insanlar böyleydi işte...

"Ben olsam hata yapan bir canlının başını okşardım..." dedi Karahindiba epey bir ceza yöntemi düşündükten sonra. "Sonuçta onun daha fazla acıya değil, daha fazla başının okşanmasına, sevgiye ihtiyacı var..."

Rüzgâr, minik dostunun sözleriyle sarsılmış hissetti kendini.

"Ben... Ben de öyle yaptım. Acı çeken insanların, bitkilerin, hayvanların hepsinin yanındaydım ağladıklarında... Ama beni kahreden o acıyı çekip alamamak oldu. Esip her şeyi uzaklara atabilirim. Hepsini boğabilirim. Yaptıkları her şeyi yıkabilirim. Ama ne can almakta ne de yakıp yıkmakta bir kahramanlık görebiliyorum. Bütün bu yeteneklerin ve gücün ne anlamı kalır ki onların içindeki acıyı çekip alamadıktan sonra? Uzaklarda bir orman dolusu canlı çığlık atarken ben nasıl esebilirim şarkı söyleyerek?" dedi titreyen bir sesle...

Karahindiba'nın konuşma isteği bitmek bilmiyordu. Rüzgâr'ın bu üzgün hali değişsin artık istedi. Belli ki çok acı çekiyordu.

"Aferin Rüzgâr! Bence de öyle yapmak lazım. İşte seni bu yüzden çok sevdim. Yoksa yol boyunca hiç çekilmezdi huysuzluğun..."

Tam yağmur çiselemeye başlamıştı ki kesildi birden. Rüzgâr bir kahkaha patlattı. Yüce bitki Karahindiba da ona "aferin" demişti ya, artık başka bir şey istemezdi hayattan. Ne komikti şu Karahindiba... İncecik kökleriyle ve o cılız bedeniyle kendini ne kadar da havalı sanıyordu. Eğer konu "havalı" olmaksa Rüzgâr'dan üstün bir canlı daha olmazdı...

Kim bilir
belki de bir acının tohumu toprağa düştüğünde
bir karahindibanın şarkısı
bir rüzgârın tınısı
sevginin meyvesini filizlendirecekti bu bahar...

Karahindiba: Kötü kalpli canlılar var mı Rüzgâr?
Rüzgâr: Her canlının içine biraz iyilik sığdırabileceği bir kalbi vardır Karahindiba...

Yaratıcı meselesi çok kafasını karıştırmıştı Karahindiba'nın...

"Yüce yaratıcı bütün insanların yaratıcısı mı yani Rüzgâr?" diye sordu.

Haliyle cevap vermekte giderek zorlanıyordu Rüzgâr... Karahindiba'ya sert bir bakış attı ama nafile... Ne zaman bitecekti bu ardı arkası kesilmeyen meraklı sorular?

Bulut kafanın gevezelikleriyle başa çıkmak neredeyse mümkün değildi, bu halde yol kat etmek çok yorucuydu. Üstelik az önce bayılmak üzereyken, şimdi bunca enerjiyi dilencinin şişesinden boşalan birkaç damla suyla mı elde etmişti yani?

Pes!

"Farklı topraklarda yaşayan insanlar başka isimler veriyorlar yaratıcıya..." dedi Rüzgâr. "Onların kuralları da yaratıcıları da farklı... Biliyor musun, insanlar uzun bir direğe kumaş parçası astıklarında çok mutlu olmuştum. Çocuktum o zaman... Oradan oraya esip renkli bayrakları dalgalandırıyordum. Tam bir cümbüştü! Her gittiğim toprakta farklı renklerde kumaşlar çıkıyordu karşıma... Çok hoşuma gidiyordu bu rengârenk bezleri geniş geniş havalandırmak... En eğlendiğim oyundu."

"Sonra ne oldu?"

"Sonra birtakım ölüm makinelerinin üzerinde gördüm o kumaşları. İnsanların renkleri, saçları, gözleri, düşünceleri farkıymış meğer birbirinden. O zaman öğrendim yaratıcıya da farklı isimler verdiklerini, farklı kurallarla onu benimsediklerini... Bu yüzden savaşmaları gerekiyormuş insanların. Ah Karahindiba... Ben savaş da gördüm biliyor musun? Her yer yanık bitkilerle, ağaçlarla, hayvanlarla doluydu. Gökyüzü duman içindeydi... Güneş yok olmuştu... Karanlıklar çökmüştü dünyaya... Anladım ki o bayraklar her şeyden önemliymiş... Yaşamdan bile..."

Karahindiba bu hikâyenin içinde hiç de mantıklı bir taraf bulamamıştı. Bütün bunların ne kadar saçma olduğunu geçiriyordu içinden.

"İyi de bizim ovada sayısız farklı renkte çiçekler var. Hepsinin rengi başka, boyu başka, kokusu başka... Ve birbirleriyle hiç savaşmadılar... Bunun için savaşılır mı hiç?"

Rüzgâr sessizdi yine... Ne çok şey düşünüyor, düşündürüyordu Karahindiba...

Biraz soluklanıp anlatmaya devam etti.

"Aslında her topraktaki insan farklı bir yüce yaratıcıya inanıyor. Hatta çoğu zaman kendi yüce yaratıcılarının diğerinden üstün olduğunu kanıtlamak için bile savaşıyorlar."

Karahindiba şaşkındı. "İyi de savaşta tüm canlılar ölecek, ne anlamı var ki?" diyerek kafasını kaşıdı.

"Sanırım insanlar için güç, en önemli şey..."

"Tamam o zaman bu savaşları yüce yaratıcı durdursun. Sonuçta en güçlüsü o değil mi?"

"Bilmiyorum ki Karahindiba... Ben de her gün düşünüyorum bunu... Bunca vahşeti durdurmak istemeyen biri nasıl iyi olabilir ki? Buna isyan etmeden nasıl yaşanır?"

"O zaman yüce yaratıcı iyi değil mi yani?"

Rüzgâr minik dostundan kaçırdığı gözlerini tapınağın soğuk duvarlarında gezdirdi.

"İyi olmadan güçlü olmanın ne anlamı var ki bulut kafa?"

Derin bir sessizlik oldu sonra...

Rüzgâr'ın duygularını görmek hoşuna gidiyordu Karahindiba'nın. Yaşadığı yerlerdeki hiçbir çiçek, hiçbir hayvan Rüzgâr'a benzemiyordu... Bir yanı kırgın ama bir yanı bütün kırgınlığına rağmen oyun oynamak isteyen yaramaz bir çocuktu o...

"Buldum!" dedi Karahindiba. "Biz yüce yaratıcı olalım!"

Rüzgâr gülümseyerek döndü minik dostuna. Ne matrak diye düşündü.

"Peki..." dedi. "Sen yüce yaratıcısın diyelim. Kötülük yapanlara ne ceza verirdin?"

"Onları iyileşene kadar gıdıklardım! Çok güldüğü zaman kötü olamaz hiçbir canlı..."

İkisi de kahkahalar atmaya başlamışlardı.

"Peki yüce yaratıcı..." dedi Rüzgâr. "Sayın gıdıklama efendisi, iyilik yapanlara ne ödül verirdiniz acaba?"

Karahindiba biraz düşündü bu soru karşısında.

"Kötülük yapanlara şarkı söylesinler, dans etsinler..."

"Sesi kötü olanlar da mı?"

"Hayır, onlar gıdıklamacı olarak yardımda bulunsunlar... Düşünsene iyi insanlar kötülük yapanları gıdıkladıklarında kötülük yapan kalmayacak artık..."

Kahkahası dinmişti Rüzgâr'ın. Bir an yine düşüncelere daldı. Aslında fena fikir sayılmazdı gıdıklamak...

Kim bilir
belki de kötülük yapanlara acı vermek yerine
onları daha fazla sevseydi insanlar
dünya bambaşka bir yer olabilirdi...

6. Adım

Karahindiba: Peki insanlar bu kadar kötüyse onlara yardım etmek için niye uğraşıyorsun Rüzgâr?

Rüzgâr: Hepsi kötü değil... Aralarında iyi olanlar da var Karahindiba...

Artık yola devam etmeleri gerekiyordu, sürekli durup mola vermeye devam ettikleri sürece şehirde ilerlemek mümkün olmayacaktı. Hem giderek daha da tehlikeli bir hal alıyordu durum Karahindiba açısından. Köklerini besleyecek verimli bir toprak parçası bulamazlarsa hastalanabilirdi.

"Gidelim mi?" diye sordu. "Çıkalım artık şu şehirden... Daha çok yolumuz var..." dedi Rüzgâr.

"Gidelim ama ya bu evsiz adam ne olacak?" diye sordu Karahindiba. "Onu burada bırakacak mıyız?"

Ne diyeceğini bilememişti Rüzgâr. Susup kaldı öylece...

"Hah buldum!" diye atıldı sonra Karahindiba. "Evsizi yüce yaratıcının evine yerleştirelim, güzel olmaz mı? Şahane fikir bence..."

"Olmaz..." dedi Rüzgâr. "Oraya meczupları almazlar. Bazı insanlar ayine gelip gider. Geceleri kapıları kapanır, içerisi boş olur..."

"İyi de sen burası yüce yaratıcının evi demedin mi? Bütün evsizlerin evi olması gerekmez mi?"

"İnsanoğlunu anlamak kolay değil Karahindiba... Tapınaklarda merhamet dilenirler ama merhamet göstermekte hem cimri hem de gönülsüzdürler."

İkisi de susmuştu artık. Rüzgâr kırgın, Karahindiba şaşkın... Durup düşündüler bir süre...

Rüzgâr çaresizlik ve öfke içinde "Eğer birinin başına bir kaza gelirse buna şanssızlık denebilir ama her tarafta tapınaklar bomboş dururken sokaklarda insanların ölmelerine şanssızlık değil, katliam denir!" diye çıkıştı.

Tüyleri diken diken olmuştu Karahindiba'nın. Yerden göğe kadar haklıydı Rüzgâr.

Karahindiba Rüzgâr'ın yanına gidip gözlerine baktı ve "Madem insanlar bu kadar kötü, sen neden hâlâ yardım etmeye çalışıyorsun onlara?" diye sordu.

"Hepsi kötü değil çünkü..." dedi Rüzgâr. "Küçük insanlar çok komik... Masum ve sevgi dolu... Üstelik büyük insanlardan daha cesur... Güneşli bir havada gözlerine bakmalısın çocukların. Batmayan bir güneş vardır gözlerinin içinde... Hani sen gözüparıl diyorsun ya ben de güneşparıl diyorum onlara. Güneşin hiç batmadığı ülkede gözleri güneşparıl insanlarla yaşayacağız..."

"Güneşparıl..." diye tekrarladı Karahindiba... "Ne güzel."

Derin bir nefes alıp Rüzgâr'ın peşine takıldı yine. Dayanabildiği kadar uzun yürümek istedi bu kez. Karşısına kaldırım kenarına düşmüş o ayna çıkmasaydı daha da devam ederdi ama aynada kendini görmek aklını başından almıştı Karahindiba'nın.

Yavaşlamaktan gerilen Rüzgâr, minik dostunun yürümesini isteyerek "İyi misin? Devam edebilecek misin?" diye sordu.

"İyiyim ben!" dedi Karahindiba. Gözlerini alamıyordu ama aynadan. Büyülenmiş gibiydi adeta. "Burası büyülü bir alan mı?" diye sordu. Aynaları iyi tanıyan Rüzgâr, dostunun yanılsamasını düzeltti hemen.

"Tabii ki hayır..." dedi. "Aynanın önünde duruyorsun sadece... Aynalar insanların hapishaneleridir Karahindiba. Saatlerce ayna karşısında dururlar, vücutlarını kumaşlarla, yüzlerini de zehirli maddelerle kaplarlar. Aynalar maske hazırlamak içindir. Onca emeğe rağmen bir türlü beğenmezler kendilerini... Bunun için ağlayan, kendine kızan, işkenceler eden insanlar gördüm ben. Aynalar kötüdür Karahindiba!

Uzak dur. Ruhunu hapseder. Sadece kabuktakini gösterir. Ormanın ruhunu gösterebilir mi mesela bir ayna? Gösteremez. Peki ya umudu? Yaşamın içinden tüm duyguları alır... Kabuğunu gösterir sadece... Sen de kabuğa aldanıp unutursun özündekini. Aynalar insanlar için hapishanedir. Ruhlarını hapseder onların..."

Karahindiba ayna karşısında dikilmiş kendine bakıyordu. "Yine de bir ayna tek başına Rüzgâr'ın anlattığı kadar kötü olamaz" diye düşündü.

"Sen aynada ne görüyorsun Rüzgâr?" diye sordu.

Rüzgâr ürkek adımlarla Karahindiba'nın yanına gelip durdu aynanın karşısında. Yoktu o çerçevenin içinde. Görünmüyordu aynada...

"Hiç..." dedi küskün bir tavırla. "Hiçbir şey görmüyorum."

"Biraz daha bak lütfen."

Bunun üzerine derin bir nefes alarak bir kez daha baktı aynadaki kendine Rüzgâr. Sakinleşmişti nispeten... O an havada bir değişiklik hissetti. İnsanlar, arabalar, her şey yavaşlamıştı.

"Zaman..." diye geçirdi içinden. Zaman yanına sokulduğunda bir daha baktı aynaya... Tam ortasında poz vermiş bir karahindiba gördü... Bulut kafa... Sevimli yol arkadaşı. İnatçı minik... Hayranlıkla küçük dostuna, onu bu dünyada anlayan biricik canlıya bakakaldı.

Karahindiba'nın minik yaprağıyla dürtmesi üzerine kendine geldi. "Kötü bir şey mi gördün yine Rüzgâr?" diye sordu.

"Hayır! Tam tersine... Benim için en değerli şeyi gördüm."

"Nedir o Rüzgâr, anlat hadi çok merak ettim!"

"Geveze bir karahindiba" dedi yutkunarak.

Karahindiba utanmıştı bu açıklamadan. Al al olmuştu yanakları...

"Bak gördün mü?" dedi sevimli bir hareketle. "Demek aynalar her zaman kötü şeyler göstermiyor. Her canlıyı tutsak etmiyor."

Keyfi yerindeydi bulut kafanın. "Belki de ayna iyi insanlara iyiliği, kötü insanlara da kötülüğü gösteriyor..." diye geçirdi içinden. Bu düşünce rahatlatmıştı onu.

Aynanın önünden çekilip meydanı Rüzgâr'a bırakmaya karar verdi sonra.

"Hadi şimdi sen aynanın karşısına geç ve dur..." dedi Karahindiba. "Gel ve kendini gör..."

Rüzgâr kararsızdı. Korkuyordu içindeki rüzgârın çalınmasından... Ama bu ayna değil miydi ona Karahindiba'sını gösteren?

Tedirginlikle aynanın karşısına geçip durdu. Hiçbir şey göremiyordu. Bir süre bekledi ama değişen bir şey olmuyordu işte. Giderek hırçınlaşmaya başladı Rüzgâr.

"Sakin ol..." dedi bulut kafa. "Bırak zaman gelsin yanına."

Hırçın Rüzgâr'ı ehlileştirebilen tek canlı belli ki Karahindiba'ydı yalnızca...

"Dur ve bekle, hiçbir şey yapma... Hayatında ilk kez bir ayna gördüğünü düşün. Sadece izle olur mu?"

"Peki..." dedi Rüzgâr. Hırçınlığından vazgeçip tamamen teslim oldu Karahindiba'ya. Sakince aynaya bakıp beklemeye başladı.

"Aynadaki bütün görüntü sensin..." dedi Karahindiba. "Fark etmedin mi hâlâ? Gördüğün bütün her şey sensin... Ayna kendi sınırları içinde gösteriyor sana her şeyi. Bütünden ayrı tutuyor. Ama sadece seni, bir tek seni var olduğun gerçeklikle gösteriyor. Bak ve gör Rüzgâr. Aynadaki her şey sensin... Bütün renkler, bütün bulutlar, bütün çiçekler, bütün hayvanlar... Hepsinin bir kabuğu var, sınırı var ama senin yok. Sen her anında bu aynanın içindesin... Her görüntüde varsın... Ama asla tutsak olmadan..."

"Tutsak olmadan..." diye tekrarladı Rüzgâr. Gözlerini açmış aynaya bakıyordu hâlâ...

O sırada bir çocuk geldi yanlarına. Eğilip aynada kendisine bakıyordu komik suratlar yapıp gülerek.

Rüzgâr dönüp çocuğun yüzüne baktı heyecanla... Bir anda sesler iyice dindi. Zaman daha da yavaşladı. Rüzgâr çocuğun gözlerine baktığında ilk kez kendini gördü. Umutları, muziplikleri, kahkahaları... Benziyorlardı birbirlerine. İlk kez kendini görmüştü işte saf bir canlının gözlerinde...

Kim bilir

belki de umutla parlayan tüm gözler

masumiyetin aynası olacaktı tüm canlılara...

7. Adım

Karahindiba: Bağ kurmak ne demek Rüzgâr?

Rüzgâr: Aşkla özgür bırakmak demek Karahindiba...

Ağır adımlarla ama hiç durmadan yola koyuldular bu kez. Minik Karahindiba, iyice incelmiş, cansız, susuz kalmıştı... Şehirden çıkmak üzereydiler artık. Köprüyü de aştıktan sonra mis gibi nemli toprağa kavuşabilecek, gücünü toplayabilecekti ama köprüyü geçmeye yetecek miydi ki gücü?

Altından gürül gürül azgın bir suyun aktığı, genişçe bir taş köprünün önüne geldiler. Bu suya kökünü sokmayı deneyebilirdi ama azgın sulara kapılıp gitmekten korkuyordu. Etraftaki müzik sesini duyan Karahindiba'nın enerjisi yine de yerine gelmişti.

"Müziiiiik!" deyip koşmaya başladı yorgun köklerini sürüyerek... Birkaç adım sonra yuvarlanmaya başladı yerde. Kökleri kendi ağırlığını bile taşıyamayacak kadar güçsüzdü artık.

"İyi misin Karahindiba? Hadi seni toprağa götüreyim."

Karahindiba işitmiyor gibiydi Rüzgâr'ı. Belki de gücünün geri kalanını konuşarak tüketmek istemiyordu. Ancak köprüdeki bir avuç insan, aklını başından almıştı bir kere...

Sokak çalgıcıları, köprünün bir köşesinde kendilerinden geçmişçesine müzik yapıyorlar, etraflarında toplanan insanlarsa özgürce dans edip eğleniyorlardı. Karahindiba, az önce gözlerini bile açamazken şimdi hayranlık dolu bakışlarla izlediği dansları kendince taklit etmeye çalışıyordu farkında bile olmadan.

Küçük dostunun kendini müziğin sesine kaptırıp canlanmaya başlamasına sevinmişti Rüzgâr. Kendi de hareketlendi bu sırada. Seri ve kıvrak bir esintiyle çarçabuk sarıverdi Karahindiba'nın etrafını.

"Bana bu dansı lütfeder misiniz?" diye sordu.

Ah bu Rüzgâr'ın oyuncu tavırları yok mu?

"Tabii ki ederim..." diyerek uzattı zayıf yaprağını Karahindiba ama sonra düşünceye daldı. "İyi de, dans lütfetmek ne demek ki?"

Rüzgâr Karahindiba'yı usulca döndürmeye başladı ve "Dans, seslerin birbirine aşkıdır..." diye fısıldadı kulağına... Rüzgâr'ın bu çapkın hali ilginç gelmişti Karahindiba'ya. "Dans öğrenilmez, hissedilir. Tıpkı aşk gibi..." diye devam etti Rüzgâr.

Karahindiba, kendini tamamen teslim etmişti Rüzgâr'a.

Kavalıyla ovaya gelen o çobandan beri böylesine güzel bir müzik duymamıştı.

Gözlerini kapayıp sokak çalgıcılarının müziğine daldı gitti Karahindiba. İçinden geldiği gibi sallanmaya başladı yerinde. Sanki ağır çekimde incecik gövdesi, kurumaya başlayan küçük yaprakları ve kocaman tüylü başıyla dalgalanıyordu özgürce...

Rüzgâr da öylesine kıvrak ve kendinden emindi ki güvenle kendini kollarına bırakan Karahindiba'nın bu sorgusuz sualsiz teslimiyetini izledi uzun uzadıya.

"Aşk..." dedi. "Gerçek aşk."

"Aşk öğrenilmez..." dedi Karahindiba gözleri hâlâ kapalı, müziğin ritmiyle dalgalanmaya devam ederken. "Sadece hissedilir."

Kim bilir
belki de birkaç notanın sesi
aşk dolu bir dansın esintisi
dünyada tanık olunabilecek en sihirli andı...

Karahindiba: Bir canlı duyguları olmadan yaşayabilir mi Rüzgâr?

Rüzgâr: Nefes alıp verir ama "an"ı yitirdikten sonra buna yaşam denir mi bilmiyorum Karahindiba...

Karahindiba bayılacak gibi olduğunda bir kenarda dinlenmeye çekildiler hemen.

"İşte bunlar duygu insanları" dedi Rüzgâr.

"Duygu insanı ne demek?" diye sordu Karahindiba...

"Beni kullanan insanlar..." diye açıkladı Rüzgâr, Karahindiba'nın pek bir şey anlamadığının farkındaydı. "Mesela dans edenlere bak şimdi. Bedenlerindeki her hareket bir esinti, bir rüzgâr oluşturur. O esinti diğerinin tenine ulaşır. Mesela şarkı söyleyenlere bak. Ağızlarından dökülen her satırı, her tınıyı alıp taşırım ben âşıkların kulaklarına. Çok eğlencelidir şarkılar için esmek... Ama en güzeli şiirdir. Şiir taşımak en sevdiğim şeydir. Bazı yükler uçurtma gibidir, bazısı ise ağırlaştırır beni. Şiir de bu yüklerden biri işte..."

"Yük uçurtması..." diye tekrarladı Karahindiba. "Ne kadar komiksin Rüzgâr... Ağırlık olarak benden söz ediyorsan, ben yük değilim, söyleyeyim. Kendi kendime uçabilirim ben..."

Rüzgâr şaşkınlıkla baktı Karahindiba'nın yüzüne. O da bal gibi biliyordu ki Rüzgâr olmadan kimse uçamazdı.

"Duyguları olmadan yaşayan insanlar da var mıdır sence?" diye sordu Karahindiba.

"Var tabii..." diyerek salladı başını Rüzgâr.

"Madem duyguları yok, o halde neden yaşıyorlar?"

Susuyordu Rüzgâr... Yine cevabını bilmediği bir soruyla karşı karşıya kalmıştı işte.

"Hadi..." dedi Rüzgâr. "Bir an evvel çıkalım şehirden. Toprak bulalım sana."

Cansız bedenini güçlükle hareket ettirdi Karahindiba. Rüzgâr'ın küçük esintilerle verdiği destekle biraz daha yol aldılar. Karahindiba epey arkada kalıyordu artık. Rüzgâr ikide bir dönüp ittirmek zorunda kalıyordu minik dostunu. Bir ara Karahindiba'nın titremeye başladığını fark edince telaşlandı.

"Neyin var?" diye sordu yüreği ağzında. "İyi değilsin sen."

"Bu koca şehirde neden hiç toprak yok?" dedi Karahindiba inler gibi. "Benim biraz toprağa ihtiyacım var."

Olduğu yere düşüp bayılmıştı sonunda. Rüzgâr seri bir hamleyle minik dostunun başı yere düşmeden yakaladı.

Kuvvetli bir fırtınanın içine hapsettiği dostunu var gücüyle şehrin hemen dışındaki eski bir toprak alana taşıdı, köklerini toprağa gömdü var gücüyle.

Minik dostuna bir şey olursa ne yapardı?

Düşününce kahroldu bir an. Karahindiba'sız, yapayalnız mı kalacaktı? Bu koca dünyada bir başına karanlıktan kaçarak yaşamaktan yorulmuştu artık...

Gökyüzü grileşmişti.

"Ne olur Karahindiba'ya bir şey olmasın..." diye inledi Rüzgâr. "Lütfen, lütfen ona bir şey olmasın."

Yağmur çiselemeye başlamıştı işte.

Bir zaman sonra Karahindiba kendine gelir gibi oldu. Güçlükle de olsa kafasını kaldırmayı başardı.

"Rüzgâr..." diye seslendi cılız sesiyle...

Rüzgâr çok mutlu oldu onu canlanmış görünce. Hatta o kadar mutlu oldu ki kendini tutamadı. Kara bulutları dağıttı hemen, gökyüzü açıldı yeniden... Güneş parlamaya başladı.

İyice Karahindiba'ya benzemeye başlamıştı Rüzgâr... Üzüntüsü hemen geçiyordu artık, uzun sürmüyordu. Karahindiba'sı canlanmıştı tekrar...

Bir anda alkışlar ve kutlama sesleri patladı.

"Arkana bak Rüzgâr!" dedi Karahindiba.

Şehrin dışındaki küçük sahil köyünün halkından bir avuç insan ağacın etrafına toplanmış, kutlama yapıyorlardı. Rüzgâr görür görmez tanımıştı köylüleri... Öyle ya, bahar geliyordu artık. Ağacı bahara heveslendirmek için kolları sıvamıştı yine köylüler.

Karahindiba yavaş yavaş ayağa kalktı ve o tarafa yürümeye başladı sürünerek.

"Bu insanlar ağaçlarla arkadaş mı oluyorlar?"

Rüzgâr dönüp baktı.

"Arkadaş olmak mı? Sanırım öyle de denebilir."

Ne garip benzetmeleri vardı şu Karahindiba'nın. "Ağacı bahara heveslendiriyorlar" dedi gözleri umutla parlayarak...

"Sana söylemiştim! Tüm insanlar kötü olamaz Rüzgâr!"

Rüzgâr sessizce salladı başını minik dostunu onaylayarak.

"Karanlıkla savaşanlar için, bir yerlerde hep güneş vardır Karahindiba... Hiç güneş ışığı olmasa bile... Hayallerinde vardır..."

Yarı yolda yığılıp kaldı. "Daha önce hiç bu kadar yakın olmamıştım ölüme" dedi zayıf bir sesle. Kendi kendine gülümseyerek kapadı gözlerini. Rüzgâr köklerini toprağa gömmüştü yine... Yüreği ağzında minik dostunun kendine gelmesini bekledi sonra.

"Toprağa çok ihtiyacım var Rüzgâr..." dedi Karahindiba. "Bana yardım ettiğin için teşekkür ederim. Sana ihtiyacım varmış. Bu yola sensiz çıkamazmışım."

"İhtiyaç duymak ne demek?" diye sordu Rüzgâr düşünceli bir ifadeyle.

"Onsuz yaşayamayacak olmak demek..." dedi Karahindiba. "Senin neye ihtiyacın var mesela?"

Epey düşündükten sonra, "Benim hiçbir şeye ihtiyacım yok" dedi Rüzgâr. Sanki biraz da kibirliydi.

"O olmadığında ölürüm dediğin hiçbir şey yok mu yani? Vay canına... Ne kadar da güçlüsün Rüzgâr..."

Karahindiba olmasaydı ölmezdi belki ama onsuz da yaşayamazdı artık... Böyle düşününce güçsüz hissetti kendini bir an. İlk kez bir canlıyla bu şekilde bağ kuruyordu.

Sonra Karahindiba'yı gördü ona gülümserken. Belki de en büyük güçsüzlüğü en büyük gücüydü.

"Hadi gidelim..." dedi Rüzgâr, arkalarında bıraktıkları şehri işaret ederek. "Şu koca şehir bir karahindibaya bile ev sahipliği yapamayacak kadar sevimsiz..."

Gri renkli, zehirli dumanlar altındaki kalabalık şehri arkalarında bırakarak yola koyuldular yine birlikte. Şehir, ikisinin yaşayamayacağı kadar vahşiydi. Oysa insanlar doğanın vahşi olduğunu düşünüyorlardı ama değil mi?

Çok yazık...

"Hiçbir canlıyı ait olmadığı yerde yaşatamazsın..." dedi Karahindiba, sanki ölümden dönen kendisi değilmiş gibi. "Dalganın ait olduğu yer deniz... Köstebeklerin ait olduğu yer toprak, karahindibalarınki de gökyüzü..."

Kendi kendine kıkırdayıp gülmeye başlamıştı Rüzgâr. Sanki toprak bulamadığı için bayılan kendisi değilmiş gibi ahkâm kesiyordu bir de bulut kafa...

"Madem öyle bulutlara söyleyelim sana yer açsınlar..." dedi alaycı bir ifadeyle.

"Olur Rüzgâr. Bulutların da gıdıklanmaya ihtiyacı var."

Kim bulutları gıdıklamayı hayal edecek kadar masum kalabilirdi ki bu vahşet dolu dünyada?

Kim bilir
belki de köklerinin olduğu değil
kalbinin olduğu yerdi her canlının evi...

Karahindiba: Esmek ne demek Rüzgâr?

Rüzgâr: İhtiyacı olan her canlının yardımına koşabilmek demek Karahindiba...

Karahindiba'sının yorgunluğunu pamuk saçlarının eğrilen tellerinden, minik yapraklarının cansızlığından bile kolayca okuyabiliyordu artık Rüzgâr. Ancak ondaki bu tutkuya ve direnme kuvvetine hayrandı. Onu sert esintilerle yormamaya dikkat ederek destekliyor, hafifçe uçurur gibi ittirerek yol almasına yardımcı oluyordu.

Belki şu çenesini tutsa biraz daha enerji toplayabilirdi ama sonuçta o geveze bir karahindibaydı... Bu haliyle bile sorular sorup duruyordu hâlâ.

"Sen her yeri gezdin mi Rüzgâr?"

"Az konuşsan daha az yorulursun bulut kafa" demek isterdi ama bunca yorgunluğunun üzerine canını da sıkarak ondan güç çalmak istemedi.

"Evet, bulut kafa..." dedi. "Her yeri olmasa da çok yer dolaştım."

"En sevdiğin yer neresi oldu?"

"Tabii ki çocuk parkları... Ama çocuk parklarına her zaman çok sessiz ve yavaş girmem gerekir benim. Yoksa anneler çocuklarını kaçırırlar."

"Neden çok seviyorsun çocuk parklarını?"

"Oradaki küçük insanlar başka bir tür..." dedi Rüzgâr düşünceli ve özlem dolu. "Büyük insanlar rüzgârdan ve esintilerden hep rahatsız olurlar. Son sürat arabalara ve uçaklara binerler ama rüzgârı sevmezler, tanımazlar. Küçük insanlar öyle değil ama... Ben sessizce bir köşede durup beklesem bile onlar benim yerime eserler sanki."

Karahindiba nefes nefeseydi yine. Rüzgâr'ın anlattıkları iyice ilgisini çekmişti. Soru sormaktan alamıyordu kendini.

"İnsanlar da senin gibi esebiliyorlar mı yani?"

"Aslında hayır ama bazıları evet, esebiliyorlar. Mesela kaydıraktan kayan bir insan tıpkı benim gibi eser. Aynı şekilde salıncakta sallanan da."

"Çok ilginç..." dedi Karahindiba minik yaprağıyla kafasını kaşıyarak. "Esmek tam olarak ne demek?"

Bunu anlatmak çok kolay değildi ama bir yolu vardı tabii...

"Ben hep eserim ve insanları okşarım mesela..." dedi Rüzgâr. "Fakat onlar ben esince yüzlerini kapatırlar. Ama o ufak olanlar var ya... Çocuk parkındakiler hani... İşte onlar yüzlerini kapatmazlar. Hatta bazen bana dönerler ve göbeğimi okşarlar. Hele bir de kahkaha atarlarsa acayip gıdıklanırım."

Karahindiba kahkahalarla gülmeye başlamıştı şimdi...

"Ne deli bir şey şu Rüzgâr..." diye geçirdi içinden. "Göbekten gıdıklanmak da neymiş?"

Karahindiba'nın içinden söylendiğinin farkındaydı Rüzgâr... Sessizce izlemeye devam etti bulut kafasını...

Bu sırada göbeğinde bir gıdıklanma hissetmez mi?

Rüzgâr heyecan içinde etrafına bakındı hemen...

Çocuk parkında değildiler. Upuzun çorak bir yol kat ediyorlardı birlikte. Görünürde ne salıncak vardı ne kaydırak... İyi de bu gıdıklanma hissi de neydi şimdi? Yoksa?...

Minik bulut kafa, dans etmeye başlamıştı o an.

"Bak Rüzgâr ben de esebiliyorum! Vouuuuvvvv..."

Rüzgâr, başını salladı ama karşılık vermedi. Bozulmuş gibiydi biraz... Çünkü sadece kendisinin esebiliyor olmasıyla övünürdü her zaman. Ama doğrusunu söylemek gerekirse içinde tutamadığı bir gülme isteği de gelmişti.

Hem de çocuk parkından uzakta...

Etrafta hiçbir çocuk, salıncak, kaydırak yokken...

Kim bilir
belki de rüzgârın hep içinde yaşamak istediği çocuk parkı
Bir karahindibanın masumiyetinde saklıydı...

Karahindiba: Huzur ne demek Rüzgâr?

Rüzgâr: Sevdiğin bir canlının gülümsemesine tanık olmak demek Karahindiba...

Biraz daha ilerledikten sonra başka bir şehrin girişine varmışlardı ancak bu kez içinden geçmek zorunda değildiler. Sahile giderek yaklaştıklarını hissedebiliyordu Rüzgâr.

Karşılarına çıkan çocuk parkını görür görmez anlamıştı Karahindiba... Öyle kuvvetli bir çığlık attı ki Rüzgâr minik dostunun eski canlılığına ve tazeliğine kavuştuğuna ikna oldu sonunda...

"Çocuk parkı! Çocuk parkı!" diye yerinde zıplıyordu Karahindiba...

"Evet..." dedi Rüzgâr. "Hemen tanıdın."

"Ufak insanlar, ufak insanlar!"

"Ne kadar cıvıl cıvıl değil mi?" dedi heyecanlı bir ifadeyle... Rüzgâr da yalnız bir çocuktu aslında... Oynamaya, paylaşmaya ihtiyacı vardı...

"Peki ya şu ne? Renkli minik bulutlar, küçük bulutlar!"

Karahindiba parkın bir köşesinde camekânlı arabada pamuk şeker satan adamı işaret ediyordu minik yapraklarıyla. Başındaki pamuklar da kabarmıştı heyecandan. Adamın sattığı pamuk şekerlerden bile daha dolgun ve hacimli görünüyordu bu haliyle... Bazı çocukların incecik ahşap çubuğa dolanmış renkli bulutları ellerine alıp parka koşturduklarını görünce daha da heyecanlanmıştı.

"Ben de renkli bir bulut istiyorum, ben de!"

"Pamuk şeker..." diye düzeltti Rüzgâr. Ama Karahindiba işitmiyordu bu açıklamaları. Tezgâhta daha ne kadar kaldığını görmeye çalışıyordu zıplayarak.

"Bu adam bulut mu yapıyor yani? İyi de nasıl öğrenmiş bulut yapmayı? Hem de renkli renkli... Pembe var, beyaz var..."

"Bulut değil o..." dedi Rüzgâr üstüne basa basa.

"Ben de istiyorum bir tane!" dedi Karahindiba. Hatta tezgâha tırmanmaya bile kalktı bir heves...

"İyi de nasıl alacağız, paramız yok ki?" dedi Rüzgâr, çaresizlikle.

Şaşırmıştı Karahindiba...

"Yine insan icadı bir saçmalık daha olsa gerek!" diye düşündü.

"Para ne ki?" diye sordu.

"Üzerinde yazılar ve resimler olan bir kâğıt parçası..."

"Hah!" dedi Karahindiba burnu havada... "Ben de zor bir şey sandım bir an... İyi o zaman. Kendimiz çizelim kendi paramızı..."

"Kendi çizdiğimiz parayı kabul etmiyorlar. Onlar sana para verdiğinde ancak o parayla bir şeyler alabiliyorsun."

"Hımmm..." dedi Karahindiba düşünceli bir tavırla. "Biraz garipmiş ama tamam... O zaman tezgâhtaki adamdan para isteyelim bize versin, sonra bir biz de ona geri verip bulut şeker alalım."

"İnsanlar öyle durup dururken kimseye para vermezler Karahindiba... Görünen o ki para denen kâğıtlar onlar için çok değerli... Para kazanmak için çalışıyorlar..."

"Çalışmak mı? O ne demek peki?"

"İnsanlar o kâğıtlar karşılığında iki şey verirler. Kahkahalarını ve zamanlarını..."

Duyduklarından hiçbir şey anlamıyordu minik Karahindiba... İnsan meğer ne karmaşık bir varlıkmış. Hayatı kendi kendine zorlaştırmak için büyük çaba gösteren, tuhaf bir varlık...

"Bu gerçek olamaz!" diye geçirdi içinden. Ama Rüzgâr ona şimdiye dek hiç yalan söylememişti. Mutlaka haklıydı... Çünkü yaşam konusunda oldukça bilgiliydi. Çok şeyler görmüş, çok şeylere tanıklık etmişti.

Yine de Rüzgâr'ın haklı olması çok üzücüydü. İnsanların paraya mahkûm olmaları ve karşılığında kahkahalarını ve zamanlarını bedel olarak ödemeye mecbur bırakılmaları sahiden de üzücü...

Karahindiba başını öne eğip düşüncelere daldı. Rüzgâr üzgündü... Karahindiba'sına bir pamuk şeker alıp onu mutlu etmeyi başaramayacak kadar yetersiz hissediyordu şimdi kendini.

O ne de olsa güçlü kudretli bir rüzgârdı...

Hüzünlü ve huzursuz ayrıldı Karahindiba'nın yanından. Bir yol bulmak için oradan oraya esti bir süre. Sonra birden bir kâğıt para havalandı yolun kenarında. Dönüp durdu Rüzgâr'ın etrafında... Kıvrak bir hareketle havada yakaladı parayı Rüzgâr. Hızla Karahindiba'sının yanına dönüp bir pamuk şeker aldı ona...

Minik Karahindiba kocaman, pespembe bir pamuk şekeri karşısında görünce kendinden geçti adeta.

"Bana bulut şeker mi aldın sen Rüzgâr? Çok ama çok teşekkür ederim!"

Rüzgâr eski havasına kavuşmuştu sonunda. Tatlı bir küstahlıkla düzeltmeye kalktı minik dostunu.

"Ah Karahindiba, bir türlü öğrenemedin şunun ismini..." dedi. "Bulut şeker değil, pamuk şeker, pamuk..."

Mutluluktan bayılmak üzere olduğunu gördüğü Karahindiba'nın gülmekten iyice kısılmış gözlerine baktı şefkatle...

"Evet..." dedi Karahindiba kendi kendine konuşur gibi. Dudakları pespembe olmuştu. "Öğrendim Rüzgâr. Bunun adı..."

"Bulut şeker..." diye tamamladı Karahindiba'nın yarım kalan sözünü Rüzgâr.

Haklı olmak belki de o kadar önemli değildi. Sevdiğinin mutluluğu pahasına...

Şimdi birkaç adım önden ilerleyip kendi halinde eğlenen minik dostunu sevgiyle ve şefkatle izlerken tarifsiz bir coşku kaplıyordu içini.

Karahindiba birden Rüzgâr'a dönüp, "Sence ben de biraz buluta benzemiyor muyum?" diye sordu heyecanla... Elindeki şekeri yüzüne yaklaştırarak kahkahalar atmaya başladı.

Haklıydı aslında... Tam bir bulut şekerdi Karahindiba! Üstelik bu haliyle öylesine sevimli ve komikti ki Rüzgâr tutamadı kendini, o da başladı gülmeye.

Elinde olsa bütün bulutları Karahindiba'ya hediye ederdi...

Kim bilir

belki de bir gökyüzü dolusu bulutun içinde en cılız bulut

ardında rüzgârın aradığı güneşi barındırıyordu.

Karahindiba: Sevmek ne demek Rüzgâr?

Rüzgâr: Her canlıyı içindeki karanlığıyla kabul etmek Karahindiba...

Bulut şekerle epey bir süre eğlenen Karahindiba, sonrasında Rüzgâr'ı çekiştirmeye başladı çocuk parkına. Durmaksızın kahkahalar atıyordu. Çocukların eğlenceli ve coşku dolu oyun çığlıkları daha da heyecanlandırıyordu minik Karahindiba'yı... Neredeyse kanatlanıp uçacaktı. "Hadi biz de çocuk parkında oyun oynayalım!" diye seslendi Rüzgâr'a.

Rüzgârın kafası karışmıştı biraz. Şüphesiz ki çocuk parklarını en çok o severdi ama daha önce hiç oyun oynayacak bir arkadaşı olmamıştı.

Karahindiba boşalan salıncağı görünce o yöne doğru koşmaya başladı. "Salıncağa binelim!" diye bağırdı. Boş salıncağa kuruldu hemen keyifle.

Rüzgâr yavaşça itmeye başladı onu. Karahindiba hayatının en mutlu anını yaşıyordu. "Daha yükseğe daha yükseğe!" diye tekrarlayıp duruyordu.

Rüzgâr, karşısındakinin narin bir karahindiba olduğunu unutup hızla itmeye başladı salıncağı... O an Karahindiba'nın tüyleri geriye doğru yapıştı ve yüzündeki kahkaha yerini çığlığa bıraktı. Rüzgâr onun bu halini görünce kahkahalar attı. Ne kadar da komik bir sahneydi öyle... Cesur Karahindiba hiçbir şeyden korkmazdı nasılsa... O ovanın en cesur bitkisiydi ama bir salıncakta uçarken ödü patlamıştı işte ufak dostunun.

Karahindiba salıncaktan inip kafasındaki tüyleri düzeltti.

"Şimdi sıra sende çok bilmiş Rüzgâr" dedi ve yapraklarıyla dıp dıp yaparak salıncağı işaret etti.

Rüzgâr ise alaycı bir ifadeyle salıncağa doğru esti. Tahta oturağa oturdu ve iplerinden tuttu. Karahindiba da var gücüyle itmeye çalışıyordu salıncağı...

Rüzgâr dünden hazırdı sallanmaya.

"Ben de küçük insan oldum Karahindiba bak!" diyordu.

Karahindiba ne kadar sallamaya çalışsa da yerinden kıpırdamıyordu salıncak.

Rüzgâr arkasını dönüp baktığı an hemen anladı durumu... Karahindiba kıpkırmızı olmuş, Rüzgâr'ı sallamaya çalışıyordu. Rüzgâr onun bu çaresiz halini görünce gülmeye başladı yine.

Karahindiba'yı geriye çekti... Önce salıncağa bindi, sallanmaya çalıştı ama nafile... Sonra indi ve boş salıncağı sallamaya başladı... Ama ne zaman salıncağa binse salıncak yavaşlayıp duruyordu... Morali bozulmuştu Rüzgâr'ın...

"Şapşal Rüzgâr!" dedi Karahindiba "Oyun oynamakta ne kadar da beceriksizsin."

Rüzgâr iyice hırslanmıştı salıncakla girdiği mücadele yüzünden. Olmuyordu işte... Salıncağa oturup sallanamıyordu bir türlü.

Karahindiba salıncaktan hevesini alınca tahterevalliye geçip oturdu. Rüzgâr da peşinden... Ama yine olmuyordu işte... Üzerine oturduğu an içinden geçiyordu oyuncaklar. Çocukların yaptığı gibi bir yukarı bir aşağı oynaması imkânsızdı.

Artık iyice canı sıkılmıştı Rüzgâr'ın... Morali epey bozuktu.

"Çocuk parkları beni sevmiyor sanırım" dedi surat asarak.

Tahterevalliden vazgeçen Karahindiba, neşeyle kaydırağa doğru koşunca Rüzgâr da son kez bir oyuncakta daha şansını demek istedi tabii...

Karahindiba merdivenleri tırmanıp kaydırağın başına geçti. Ondan beklenmeyecek bir hızla hazırdı artık kaymaya.

"Hadi Rüzgâr!" diye seslendi. "Kaydıraktan kaymayı dene!"

Rüzgâr gönülsüz de olsa bulut kafanın yanına geldi ve beklemeye başladı. hiç beklemediği bir anda Karahindiba, Rüzgâr'ı kaydıraktan aşağı itmesin mi?

Çığlık çığlığa bağırmaya başladı Rüzgâr.

Ama "Vın!" diye de kaymıştı kaydıraktan...

"Deli bu Rüzgâr..." dedi Karahindiba kendi kendine. "Onca fırtınalar koparıyor ama kaydıraktan kayarken heyecanlanıyor."

Rüzgâr arsızca kaydırağın tepesine çıkıp bırakıyordu kendini aşağıya çığlık çığlığa... Sonunda eğlenceli bir şeyler bulabilmişti işte kendine minik dostu sayesinde. Ne kadar da hızlı kaydığını göstermek istiyordu ona.

"Bulut kafa, bulut kafa! Bak ne kadar hızlı kayacağım şimdi buradan!" deyip son sürat kayıyordu tekrar.

Karahindiba yorulmuştu biraz. Kumların üzerinde oturmuş etraftaki çocukların koşuşturmalarını izleyip kahkahalarını dinliyordu.

Rüzgâr, Karahindiba'nın yanına gelip "Sence kaydıraktan en hızlı kayan çocuk ne kadar hızlı kaymıştır?" diye sordu.

"Çok hızlı kaymıştır Rüzgâr. Ama önemli olan hız değil ki... Eğlence..."

"Evet, evet!" dedi Rüzgâr. "Ama en hızlısı kimdir sence?"

Karahindiba şaşkınlıkla Rüzgâr'ı dinliyordu.

"Düşün biraz bulut kafa... En hızlı diyorum en hızlı..."

Karahindiba hâlâ anlamamıştı.

Rüzgâr huysuzlanıyordu artık. Bu basit sorunun cevabı niye gelmiyordu hâlâ?

"Tabii ki en hızlı kayan benim!" diye patladı sonunda.

Karahindiba ancak anlamıştı Rüzgâr'ın derdini...

Gülümseyerek yaprağıyla sırtını dıp dıpladı arkadaşının...

"En hızlısı sendin Rüzgâr. Hem de en hızlısı..."

Ne yazık ki güneş batmaya başlamıştı artık. Hava kararacaktı çok geçmeden. Gitme vakti gelmişti. Çocuk parkı eğlencesi buraya kadardı.

Rüzgâr durumu fark ettiğinden beri huzursuzdu zaten. Hatta bir ara Karahindiba'nın varlığını bile unutup bulutları yırtarak güneşe doğru yükselmeye çalıştı hızla... Öyle sert ve hızlıydı ki çocuk parkında kuvvetli bir esinti oluştu. İnsanlar toparlanıp çocuklarını da alarak gitmeye hazırlandılar hemen. Fırtınanın yaklaşmakta olduğunu düşündüler muhtemelen.

Karahindiba ortamın havasının bir anda değişmesine şaşmıştı.

Neler oluyordu durup dururken? Rüzgâr niye güneşe ulaşmaya yeltenmişti öyle?

Derken yağmur da çiselemeye başladı. Çok geçmeden ağlayarak geri döndü Rüzgâr.

"Rüzgâr! Rüzgâr!" diyerek arkadaşının yanına koştu Karahindiba. Neler olduğunu anlamamıştı. "Ne oldu öyle birdenbire? Neyin var?"

"Güneş! Batıyor!" dedi Rüzgâr. "Oyuna öylesine kapılıp gittim ki güneşin batmaya başladığını bile unuttum..."

Demek çocuk parkında oynayıp eğlenmek Rüzgâr'a karanlık korkusunu unutturuyordu.

Rüzgâr acele etmek istiyordu ama etrafta sert rüzgârdan kaçışan insanları görünce duraksadı bir an... Üzüntü içinde izliyordu onları. Annelerin yüz ifadelerine bakıyordu. Hepsi çocuklarını parktan aldılar.

Yağmur çiselemeye başladı bunun üzerine.

"Yaşamım boyunca onlar için çalıştım ben..." dedi Rüzgâr insanları işaret ederek. "Onlar için estim... Onların yiyeceklerini besledim, büyüttüm. Yağmur yüklü bulutlar taşıdım topraklarına. Sesleri ulaştırdım, besteleri taşıdım. Şiirler fısıldadım kulaklarına... Ama bak! Yine de kimse sevmiyor beni! Gördün mü nasıl kızdılar bana!"

Karahindiba çok etkilenmişti bu sözlerden. İnsanlar sahiden de biraz ayıp ediyorlardı rüzgârdan kaçarak.

"Kimse mi sevmiyor seni?" dedi Karahindiba. Alınmıştı tabii o da biraz. "Ben neyim peki burada?"

"Ama Karahindiba! Koskoca gezegende bir tek sen..."

"O zaman ben de seni gezegen boyunda severim Rüzgâr, olur mu?"

Ağlamaklı Rüzgâr gözünde yaşlarla dikkat kesildi.

"Gezegen boyunda sevilmek mi?" dedi.

Ne kadar da güzeldi aslında Karahindiba'nın ona sunduğu sevgi...

Bazı zamanlar bunca kalabalığın içinde yalnız hissettirebilirdi yaşam. Ta ki biri gelip gezegen boyunda sevene kadar...

O sırada bir çocuk arabaya binerken kırmızı bir balon bıraktı elinden... Rüzgâr bu balonu kullanarak Karahindiba'yı daha hızlı uçurabilirdi. Günbatımından hızla kaçabilirlerdi. Hemen balonu alıp Karahindiba'ya getirdi. Karahindiba kafasını yukarı kaldırmış bakıyordu hayranlıkla...

Minik dostunun balonu çok sevdiğini anlayınca, "Al..." dedi Rüzgâr. "Bu balon senin."

Karahindiba yapraklarıyla sarıldı balonuna...

Karahindiba'nın bu coşkusu biraz olsun keyfini yerine getirmişti Rüzgâr'ın "Artık gitmemiz lazım" dedi.

Karanlıktan korkan bir rüzgâr ve kırmızı balona heyecan içinde sarılmış minik bir karahindiba...

Birlikte düştüler yine yola...

Kim bilir
belki de bir canlı yeterince sevdiğinde
bir koca gezegen dolusu nefes
kırmızı bir balonun içine sığabilirdi...

8. Adım

Karahindiba: Mevsim ne demek Rüzgâr?

Rüzgâr: Yapayalnız bir rüzgârın kendi duygularıyla baş etme çabasıdır Karahindiba...

Geç kalmış olmaktan pek de hoşnut değil gibiydi Rüzgâr. "Okyanusa varmış olmalıydık..." diye söyleniyordu kendi kendine.

"Okyanus nedir Rüzgâr?" diye sordu Karahindiba.

"Okyanus derenin kocaman olanı Karahindiba..."

Karahindiba'nın kafası karışmıştı. "Ovadan bile mi büyük?" diye sordu.

Rüzgâr gülümsemeye başladı. "Evet ovadan bile büyük. Uçsuz bucaksız bir dere hayal et. Öyle bir canlı işte."

İkisi de sustu ama Rüzgâr kıpır kıpır... Biraz tedirgin, biraz huysuz... Aklı da karışık sanki... Bir şeyler düşünüyor gibi. Düşündüğü şey daha da rahatsız ediyor olmalıydı onu. Giderek geriliyordu. Bazen esip esip geri dönüyor, etrafı tozu dumana katıyor, balonuna sarılmış haldeki Karahindiba'yı sürüklüyordu...

Karahindiba dayanamadı daha fazla, "İyi misin Rüzgâr?" dedi. "Çok düşüncelisin... Hatta düşünmekten estiğin yerleri bile görmüyor gözün bazen."

Rüzgâr derin bir uykudan uyanır gibi sarsılarak kendine geldi o an.

"Ben mi? Ben mi düşünüyorum? Hayır, hayır... Düşünmek değil bu. Daha doğrusu plan yapıyorum. İleriye gidiyorum önümüzdeki engellere bakıyorum. Seni oralardan nasıl uçuracağımı düşünüyorum. Benim doğam bu Karahindiba... Doğanın kaderi, işleyişi benim yerinde ve zamanında esmeme bağlı... Ben olmazsam doğa ölür."

Karahindiba düşünceye dalmıştı bu kez. Ne demek istiyordu Rüzgâr? Onunla ilgili ciddi endişeleri vardı artık.

"İyi de Rüzgâr bu çok ağır bir yük değil mi senin için? Sen hep geleceği düşünürsen, kendi özgürlüğün ne olacak?"

Yorgun gözlerle baktı Rüzgâr minik dostuna.

"Gök babam hep söylerdi bunu bana, bazılarının yaşaması için bazılarının 'an'da ölmesi lazımdır."

"Ama Rüzgâr ben senin ölmeni istemiyorum. Hem ben 'an'da yaşamıyor muyum? Sen 'an'da yaşamazsan beni kaybedersin, zamanı kaybedersin, güneşin tepende olduğu her 'an'ı kaybedersin... Ne olur Rüzgâr... Ne olur insanlar gibi olma."

Derin bir sessizlik vardı aralarında.

"Hora Usta'yı hatırla Rüzgâr..." dedi Karahindiba. "Zamanı hatırla... Yaşayacak bunca zaman varken ölümden bahsetmek nereden çıktı şimdi?"

Rüzgâr'ı mutsuz görmeye dayanamıyordu.

"Sana anda nasıl yaşanır öğreteyim mi?" diye sordu bilmiş bir tavırla... Rüzgâr sessizce esmeye devam ediyordu o sırada. Karahindiba kafasından büyük kırmızı balonuna sıkı sıkı sarılıp, "Hadi Rüzgâr uçur beni" dedi.

Rüzgâr şaşkındı. Belli ki inatçı Karahindiba'nın dediğini yapmazsa daha fazla uğraşması gerekecekti. Hızlıca esti arkasından gönülsüzce. Karahindiba çığlıklar atarak havaya kalktı ve hızla ileriye doğru uçmaya başladı...

"Vouuuvvv! Vouvvv!" diye sesler çıkarıyordu Rüzgâr'ı taklit edercesine... Hatta bir ara çok yükseğe çıktığında, "Rüzgâr bana bak. Ben uçuyorum" diye seslendi sevgili dostuna.

Rüzgâr'ın keyfi yerine gelmişti. Gülümsemeye başlamıştı sonunda. Ama Karahindiba'nın zarar görmesini de istemezdi. Uçan balon, zaten sıskacık Karahindiba'yı hemen havalandırıyordu. Dikkatli olması lazımdı. Yavaşlayıp toprağın üzerine indirdi Karahindiba'yı.

"Gördün mü?" dedi Karahindiba uçan balonu elinde. Anladığını belli eden bir hareket yaptı Rüzgâr ve devam etti esmeye.

"Sen biraz mızıkçı olduğun için tam anlamadın galiba 'an'da yaşamayı" dedi Karahindiba. Bayılıyordu Rüzgâr'ın üzerine gitmeye.

"Esmek miymiş 'an'da yaşamak? Ben zaten her an esebilirim, ben rüzgârım..."

Karahindiba bu çokbilmiş tavırları yakından tanıyordu tabii. "Bak çokbilmiş Rüzgâr, 'an'ı yaşamak elindekiyle mutlu olmaktır..." dedi. Önce etrafına sonra kucağındaki balona baktı. "Mesela şu kırmızı balona bak."

Rüzgâr pek de ilgilenmiyordu Karahindiba'yla. Karahindiba cılız yapraklarıyla sıkıca sarılıyordu balona. "Bak ben bu balona sarılıyorum, o da dans ediyor."

Rüzgâr'ın tanık olduğu bu sahne çok komikti. Karahindiba balonun göbeğini sıktıkça balonun üstü ayrı şişiyordu altı ayrı... "Kırmızı balon da bizim çetemizin bir parçası artık. Hem de çok esaslı bir çete üyesi."

Rüzgâr küçümser gibi bakıyordu kırmızı balona... "Çok esaslı demek ha? Süper gücü neymiş peki? Esebiliyor muymuş?"

Karahindiba kendinden emin bir tavırla, "Hayır Rüzgâr..." dedi. "Herkesin süper gücü aynı olmaz. Balonun da süper gücü ona sarılınca dans etmesi."

Bazen Rüzgâr'ın hiçbir şeyi anlamaması kızdırıyordu Karahindiba'yı... Balonu elinde hızlı yürüyüp Rüzgâr'ın önüne geçmeye kalkıştı ama o sırada ipe basınca pat!

Düşerken kafası balona çarptı ve başladı yuvarlamaya. Hem kahkahalar atıyor hem de sıkıca sarıldığı balonunu elinden bırakmıyordu. Rüzgâr kahkaha atmaktan esmeyi unutmuştu artık. Kendine geldiğinde Karahindiba'nın yanına gidip kaldırdı. Balonun ipini yaprağına bağladı. "Sanırım böyle daha güvenli olacak senin için" deyip uzaktan nasıl göründüklerine baktı.

Karahindiba'nın çok hoşuna gitmişti tepesinde bir balonla durmak...

"Vay canına!" diyerek iç geçirdi. Artık balonu sayesinde resmen süzülerek adım atıyordu. Birlikte yürüdükleri sırada birden morali bozuldu Karahindiba'nın.

"Sen ölmeyeceksin değil mi Rüzgâr?" diye sordu yumuşak ve hüzünlü bir sesle.

"Ölmek güzeldir" dedi Rüzgâr.

Belki de tüm bu vahşetin yükü ancak böyle hafifleyebilir diye düşündü ama o lanetliydi, ölemezdi doğası gereği.

"Ancak yaşayanlar ölebilir... Bense ölümsüzüm."

Karahindiba'nın üzüntüsünü fark etti bir anda.

"Ne oldu cesur bulut kafa? Ölümden korkmaya mı başladın sen? Benim tanıdığım bulut kafa korkmaz hiçbir şeyden. Ölümden bile... Hem sen değil miydin en yüksek dağa tırmanmak için ölüme meydan okuyan, sen değil miydin köklerini topraktan koparan? Ovadaki tüm bitkiler, canlılar... Hepsi ölmekten korktuğu için fabrikaya boyun eğmedi mi sanki?"

"Evet Rüzgâr. Ovadaki her canlı ölmekten korkuyordu. Ben ise..." Derin bir iç geçirdi. "O şekilde yaşamaktan."

"Peki sonra ne oldu?"

"Bir rüzgâr esti."

Kim bilir

belki de karanlıktan korkan bir rüzgâr

inatçı bir karahindiba

kırmızı bir balon

silahların kazanamadığı bir savaşı sona erdirecekti...

Karahindiba: Sence tüm bunlar değişebilir mi Rüzgâr?
Rüzgâr: Her canlının içinde bir yerlerde güneşi batmayan bir ülke vardır Karahindiba...

Karahindiba'nın sözleri duygulandırıyordu Rüzgâr'ı ama peşlerinden koşan karanlığın verdiği huzursuzluk rahat bırakmıyordu bir türlü...

"Rüzgâr..." dedi Karahindiba. Karahindiba'nın soruları bitmezdi ki. "Senin annen nasıl biri?"

Hüzünlenmişti Rüzgâr. Durup düşündü uzaklara dalarak. Özlemişti sanki annesini...

"Benim annem topraktır..." dedi. "O kadar güzeldir ki renk renk çiçeğe can verir, bütün canlıları besler büyütür."

Güçlükle yutkundu bir ara... Sonra yağmur çiselemeye başladı yine.

Arkadaşının içten içe ağladığını fark eden Karahindiba sessizce beklemeye devam etti. Rüzgâr'ı olduğu haliyle kabul edebilen tek canlıydı o yeryüzünde. Onun biricik dostuydu.

Rüzgâr acıyla dönüp baktı Karahindiba'nın yüzüne.

"İnsanlar hasta ettiler toprağı... Paylaşamadılar... Zehirlediler!" dedi. "Çok güçlüdür benim annem. Asla vazgeçmez... Ama o hastalanırken hiçbir şey yapamamak var ya... İşte o çaresizlik var ya... O benim lanetim Karahindiba."

"Ama neden kimse toprağı paylaşamıyor ki? Paylaşsalar kimse aç kalmaz. Herkes mutlu olur."

Karahindiba bir türlü anlayamıyordu insanları. Bu savaşın kazananı olmazdı ki. İnsanlar bunu göremiyorlar mıydı yani?

"Biz bitkiler toprağı paylaşmıyor muyuz sanki? Tüm canlılara yeterince yer yok mu koskoca dünyada? Eğer bir bitki sen burada köklenemezsin, bu ova benim derse ne olur Rüzgâr?"

"O ova çöl olur."

"Çöl mü? Çöl ne demek?"

"Bitkilerin neredeyse hiç yetişemediği topraklardır. Hayvanların yaşayamadığı, derelerin kuruduğu, toprağın ölü olduğu uçsuz bucaksız diyarlar."

"Ben öyle bir yerde yaşayamam. Neden paylaşmıyor insanlar neden? Tüm dünya çöl olacak. Peki yeni canlılar nasıl yaşayacak? Çiçekler, yavru sincaplar, gözüparıl insanlar?"

"Bilmiyorum Karahindiba... Böylesine bereketli bir gezegende bir canlı bile açlıktan ölürse tüm canlılar katildir."

Sessizliğin üzerine yağmur çiselemeye başlamıştı yine.

Kim bilir

belki de toprağı canlı tutan yağmur damlaları

rüzgârın kendi çölüyle savaşındaki

çaresizliğin ta kendisiydi...

Karahindiba: Rüzgâr, bir canlı oyun oynamayı unutursa ne olur?

Rüzgâr: O canlının yaşamında hiç güneş doğmaz Karahindiba...

Birlikte yola düştüler yine... Rüzgâr sessizdi. Karahindiba ise susmak nedir bilmiyordu yine. Bulutlara yüzünü çevirmiş, tüylü kafasını yaprağıyla kaşıyordu. Ufacık boyuyla, bir mevsimlik yaşıyla merak duyacak bunca şeyi nereden buluyordu?

"Rüzgâr, bu bulutlar nasıl uçuyor da diğer canlılar uçamıyor?"

"Yerçekimi..." dedi Rüzgâr. "Dünya bütün canlıları kendine doğru çekiyor. Bu şekilde hiç kimse ve hiçbir şey havada uçuşarak kargaşa yaratmıyor."

Cevaplarını bildiği soruların sorulması hoşuna gidiyordu tabii... Sonuçta o bir rüzgârdı. Bütün canlılardan fazla biliyor olması doğaldı.

"Hiç eğlenceli değilmiş. Ben gök çekimine inanıyorum..." dedi Karahindiba. Minicik boyuyla ve şu tüyden kafasıyla kendini bu kadar önemsiyor olması şaşırtıcıydı. Yine de onu mutlu etmekten hoşlanıyordu Rüzgâr.

Derken aklına hep oynadığı bir oyun geldi Rüzgâr'ın.

Bulut kovalamaca!

Karahindiba bu oyuna bayılacaktı.

"Seninle bulut kovalamaca oynayalım mı Karahindiba?" diye sordu heyecanla...

Karahindiba oyun oynamaya asla hayır demezdi. Hele Rüzgâr'la birlikte oynayacağı bir oyuna.

Rüzgâr keyifle ve biraz da bilmiş bir tavırla oyunu anlatmaya başladı hemen:

"Şimdi bir bulut seçeceksin tamam mı? Birlikte o bulutu kovalayacağız seninle. O gittiğinde başka bir tane seçeceksin. Ta ki güneş özgür kalana kadar."

Karahindiba hazırdı.

Pofidik bir koyuna benzeyen bulutu kestirdi hemen gözüne.

Rüzgâr hızlanarak yükselmeye başladı bunun üzerine. Bulutun yanına gidip başladı esmeye. Bulutu ittiriyordu büyük bir özgüvenle... Fakat aşağıya döndüğünde bir de ne görsün?

Karahindiba da başını göğe kaldırmış, üflüyordu buluta. Ne kadar da şapşal bir bitkiydi şu Karahindiba!

"Hadi Rüzgâr birazcık daha koyun bulutu kovalayalım, lütfen!" diye seslendi.

Rüzgâr da gülümseyerek, "Tamam..." dedi. "Ama biraz daha yardımına ihtiyacım var sanırım. Bu bulutu tek başıma kovalayamam."

Karahindiba patlayana kadar nefes alıp üflemeye devam ediyordu aşağıdan. Bu haliyle hem çok tatlı hem de çok komik görünüyordu.

Önce koyun, sonra sincap, sonra tavşan bulutlar seçip kovaladılar birlikte...

Karahindiba nefes nefese kalmıştı artık. Rüzgâr yanına geldiğinde konuşacak hali kalmamıştı.

"Rüzgâr... Biz çok esaslı bir çete olduk seninle..." diyebildi kekeleyerek.

Biraz dinlendikten sonra kaldıkları yerden devam ettiler yola.

"Sen de bulutları benim kadar seviyor musun?" diye sordu Karahindiba...

"Bulutlar hep çok eğlenceli gelmiştir bana... Sadece tüm göğü kapladıklarında hoşlanmıyorum onlardan. Gri bir hava olduğunda güneş yok oluyor sanki..."

"Bulutların ardından da olsa güneşin sana anlatabileceği bir masal vardır ama Rüzgâr..."

"Bulutların ardından da olsa güneşin sana anlatabileceği bir masal vardır..." diye tekrarladı Rüzgâr... Hayatında duyduğu en güzel cümle olabilirdi bu. Belki de bir cümle yeterince anlamlı olursa bir yarayı iyileştirebilirdi... Ne kadar da sihirliydi bu minik karahindiba... Konuşarak bile iyileştirebiliyordu bazı yaraları...

Sadece yol almaya devam ettiler birlikte. Okyanus artık yakınlarda olmalıydı.

Rüzgâr okyanusa varmadan önce dinlenmeyi teklif edecekti ki Karahindiba birden babasını anlatmaya başladı.

"Babam yakışıklılığıyla bütün ovanın gözdesiydi biliyor musun? Herkes ona hayranlıkla bakarmış. Bir de annemi görsen ah ah... Bir efsaneye göre annem güzelliğini gökkuşağından almış... Babamınsa bütün karizması aydan."

"Peki ya gevezeliğini kimden aldın acaba?" diye takıldı Rüzgâr.

Karahindiba bozulduğunu belli etmemeye çalışarak ailesiyle böbürlenmeye devam etti tabii.

"Ben de ovanın gözdesiyim işte bu yüzden. Mükemmel bir aileden geliyorum. Sen hiç görmedin tabii beni oralarda. Ayrıca hiç konuşmadan yaşanır mı hayat? Tabii ki konuşacağım... Sen sıkıcısın diye ben de mi sıkıcı olayım?"

Rüzgâr, kendi etrafında dans eder gibi esmeye başladı kendince eğlenerek.

"Ama ben yine de seni seviyorum..." dedi Karahindiba. "Huysuzsun, hırçınsın, biraz da mızıkçısın ama çok iyi kalplisin..."

Duyduklarına sevinse mi üzülse mi bilemedi Rüzgâr. Karahindiba'nın onu sevmesi hoşuna gidiyordu elbette. Ama mızıkçı filan da değildi... O sonuçta kudretli bir rüzgârdı...

"Sevmek sence ne demek Karahindiba?" diye sordu Rüzgâr.

"Çok seven canlılar hayal nefes olurlar. Hayallerinde yalnız bırakmazlar sevdiklerini..."

"Hayal nefes olmak mı?"

Rüzgâr gözlerini kaçırmıştı yine. Karahindiba yağmurun çiselemeye başlamasından anlamıştı duygulandığını...

Kim bilir

belki de bu masalın kahramanları

ellerinde silah olan adamlar değil de

dünyayı dev bir oyun parkı sanan

bir karahindiba ve rüzgârdı...

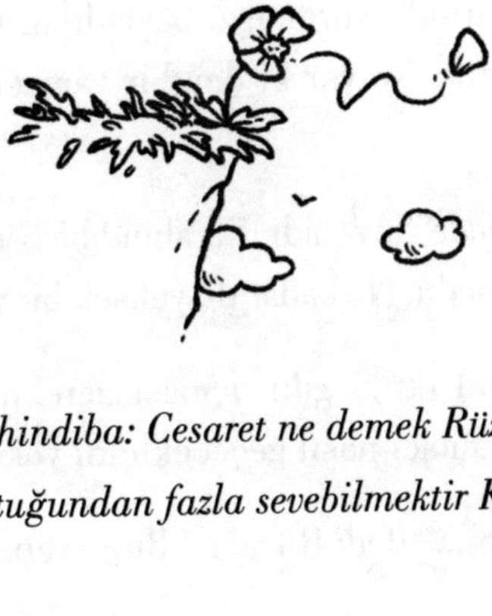

Karahindiba: Cesaret ne demek Rüzgâr?

Rüzgâr: Korktuğundan fazla sevebilmektir Karahindiba...

Rüzgâr heyecanla nehri işaret etti Karahindiba'ya.

"Bak Karahindiba! Bu bir nehir... Derenin büyüğü... Nehri izlersek okyanusa ulaşabiliriz. Hadi, hadi."

Karahindiba heyecanla nehir kıyısına doğru koşmaya başladı. Bulut kafanın kaçırmak istemeyeceği kadar güzel görünüyordu nehir.

"Vooovvv! Ne kadar da büyük ve güçlü görünüyor bu nehir böyle!"

Birlikte nehir kenarında yürümeye başladılar. Okyanusa yaklaşıyor olmalıydılar artık. Ne var ki dev bir yamaçla sona ermişti yol birdenbire...

Rüzgâr yamacı görünce yavaşladı. Karahindiba başını yamaçtan aşağı sarkıttığında başı döndü. Ne kadar da yüksek bir yerdi burası böyle!

Belki de artık hayal ettiği gibi uçması gerektiği zaman gelmişti Karahindiba'nın. Yamacı nasıl geçeceklerdi yoksa?

"Şimdi uçma zamanı..." dedi Rüzgâr. "Bunu yapabilirsin değil mi?"

Karahindiba bir kez daha yamaçtan aşağıya baktığında daha önce hiç hissetmediği kadar büyük bir korku hissetti. Bir iki adım geri gitti hemen. Gözlerini kapadı. Ve en yüksek dağı düşünmeye başladı.

Hayatı boyunca uçmak isteyen kendisi değil miydi sanki?

Ama bu yamaç çok yüksekti!

Hayal kırıklığıyla gözlerini açtı sonra. Galiba yapamayacaktı... Ama bir anda Rüzgâr'ı gördü karşısında. Rüzgâr, tanıdığı en kudretli, en bilge canlıydı... O Karahindiba'ya inanıyordu...

Karahindiba ise hayatında ilk kez hayaline olan inancını yitirip, korkusuna boyun eğmişti... Ama Rüzgâr'a olan sevgisi... İşte o korkusundan da büyüktü...

Rüzgâr'ın gözlerine baktı bir an... Sonra tepesindeki kırmızı balona...

Kendini hazırladı ve hızla yamaca doğru koşmaya başladı...

Ve boşluğa bıraktı kendini...

Rüzgâr hemen hareketlendi ve var gücüyle Karahindiba'nın düşüşünü yavaşlatmak için onunla yamaçtan aşağıya esmeye başladı...

Rüzgâr için zorlu bir andı bu. Yamaçlardan esmek çocuk oyuncağıydı belki ama bu kez yalnız değildi. Minik dostunun zarar görmesine izin veremezdi. Dikkatle ve özenle yavaşlattı onu ama buna rağmen Karahindiba toprağa sert bir iniş yaptı.

Canı çok yanmıştı.

Rüzgâr korkuyla Karahindiba'nın yanında bekliyordu.

Karahindiba ayağa kalkıp "İyiyim ben merak etme..." diyerek acı çektiği halde Rüzgâr'a belli etmemeye çalıştı. Onun daha fazla üzülmesine dayanamazdı.

Rüzgâr rahatlamıştı sonunda.

Herkesin acısına kahrolan Rüzgâr, minik dostunun acısına dayanamazdı... Doğada milyonlarca karahindiba vardı ama hepsini toplasa kendi karahindibası etmezdi... Çünkü onun karahindibasıydı o...

"Sana uçabileceğimi söylemiştim..." dedi Karahindiba gururla. Rüzgârsa şaşırmıştı bu çıkışa... Karahindiba'nın kendini beğenmiş tavırlarına alışsa iyi ederdi aslında. Sadece gülümseyerek karşılık verdi.

Birlikte yürümeye devam ettiler sonra.

"Biliyor musun Karahindiba?" dedi Rüzgâr. "Aslında sen basbayağı havalı bir bitkiymişsin."

Karahindiba sonunda kendi gücünün anlaşılmış olmasından çok memnundu. Yine de merak peşini bırakmıyordu işte.

"Havalı olmak ne demek sence Rüzgâr?"

"Havalı olmak, var gücüyle esebilmek demek. Yani rüzgâr gibi olmak."

Karahindiba esebiliyor olmaktan çok hoşnuttu. Kırmızı balonunu sallayıp sırıtıyordu sürekli.

"Sen de fena iş çıkarmadın aslında Rüzgâr..." dedi. "Seninle esaslı bir çete olduk bence."

"Sence çetemizin ismi ne olmalı? Ben geçen seferki ismi çok sevmedim."

Karahindiba başını öne eğip düşündü.

Sonra Rüzgâr'a baktı ve "Buldum!" diye haykırdı.

Başındaki tüyleri endamlı bir hareketle yana atıp, "Mızıkçı Rüzgâr ve havalı Karahindiba" dedi.

Rüzgâr bozulmuştu yine. Bu ismi de hiç beğenmemişti...

Oysa Karahindiba çok eğleniyordu Rüzgâr'a sataşarak. Elbette moralinin bozuk olmasını hiç istemezdi. "Teşekkür ederim Rüzgâr..." dedi içtenlikle. "Yamaç boyunca beni taşıdığın için."

Rüzgâr'ın ruh hali değişmişti hemen. Karahindiba'nın gözlerine bakıp sustu sadece.

Kim bilir
belki de hissin aşksa eğer
taşıdığın yükün bir önemi yoktu...

9. Adım

Karahindiba: Uyum içinde olmak ne demek Rüzgâr?
Rüzgâr: Hiçbir canlıyı incitmeden bu gezegenden esip geçebilmektir Karahindiba...

Karahindiba merakla etrafı incelemeye başlamıştı. Nehrin gürül gürül akan suyunu izliyordu gözlerini kırpmadan.

"Bu da ne böyle?" diye sordu.

"Bu bir şelale Karahindiba."

Şelale!

Birlikte şelalenin düştüğü yere kadar indiler. Karahindiba başını kaldırdığında nehrin ne kadar büyük ve kudretli olduğunu bir kez daha görmüştü.

"Merhaba yaramaz dâhi, hoş geldin..." dedi Nehir, en az suyu kadar coşkulu bir sesle.

Karahindiba kendisiyle konuşulduğunu sanıp, "Merhaba Nehir..." dedi. "Ben Karahindiba."

Nehir şaşkınlıkla gülümsedi, bu havalı bitkinin sevimli tavırlarına bakıp.

"Merhaba ufaklık... Seni hangi rüzgâr attı buralara?"

"Biz Güneşi Batmayan Ülke'yi arıyoruz. Tabii bir de en yüksek dağı..."

Nehir şaşırmıştı bu minik canlının hedefini öğrenince.

"Oraya gidince ne olacak?" diye sordu.

"Artık korkmaya gerek kalmayacak" dedi Rüzgâr.

Bu cevabı beklemiyordu tabii Nehir. Hoşlanmıştı bu iki yolcudan.

"Bana buralarda Wu Wei derler."

Karahindiba ağzını kocaman açarak "Wu Wei" diye tekrarladı. Çok komik bir ismi vardı Nehir'in. Çok sevmişti onu.

"Sizin geldiğinizi ormandaki konuşmalardan duydum... Birçok canlının dilden dile anlattığı esaslı bir çete kurmuşsunuz."

"Umarım çetenin ismini bilmiyordur" diye içinden geçirdi Rüzgâr.

"Güneşi Batmayan Ülke'ye az kaldı" dedi Nehir. "Ama karşılaşacağınız şeye hazır olmalısınız."

Bu da ne demekti şimdi?

İkisi de Nehir'in ne demek istediğini anlamamıştı.

"Yolculuğa çıktığında hep düz bir yol hayal edersin. Ama hayale giden yol hiçbir zaman düz değildir."

Karahindiba ve Rüzgâr endişelenmeli miydi yani şimdi, bilemediler.

"Her yolculuğun engelleri farklıdır..." diye devam etti Nehir. "Ben Wu Wei... Buralardaki en büyük nehirim. Bu şelale de benim en kudretli halim. Ama bu hale ulaşabilmek ve gökkuşağını doğurabilmek için ne engelleri aştım bilemezsiniz."

Bir iki tane yağmur damlasından doğdum ben. Ufacık bir su birikintisiyken akmaya başladım. Önüme engeller çıktığında var gücümle itmeye çalışırdım hepsini. Sürekli akmaya çalışarak, önüme çıkan dağlarla savaşarak geçirdim ömrümü. Gittikçe artıyordu gücüm. Artık hızla okyanusa ulaşabilirdim... Önümdeki engelleri parçalayıp yoluma devam edebiliyordum. Derken bir gün geniş bir çukurun içinde buldum kendimi... Ne tarafa akarsam akayım etraftaki kayaları kırıp yolu açamıyordum bir türlü. Artık yorgun düşmüştüm... Yapabileceğim tek şey beklemekti... Bekledikçe duruldum, dinginleştim."

Durup derinlere dalmıştı Nehir... Aklına başka şeyler gelmiş gibi.

"Sonra ne oldu?" diye atıldı Karahindiba. "Anlatsana."

"Çukur tamamen dolduğunda yine az da olsa akmaya başladım. Bunca emeğime rağmen her şeye tekrar baştan başladım ama bu kez artık başka bir nehirdim. Kayalarla savaşmayı bırakmıştım."

"Neden savaşmayı bıraktın?" diye sordu Rüzgâr. "Vaz mı geçtin yani?"

Wu Wei gülümsedi.

"Hayır..." dedi. "Tam tersine. Yeryüzünde hiçbir savaşın kazananı olmadığını anladım. Ne dağ, ne çukurlar, ne de engeller düşmanım değilmiş meğer. Savaşmak dışında da bir yol varmış... O da uyum içinde akmak..."

Rüzgâr'ı çok etkilemişti Wu Wei'nin hikâyesi... Savaşmak dışında başka bir yol...

Kendi de savaşmaktan yorulmuştu artık binlerce yıldır. Başka bir yolu vardı demek.

"Peki sonra nasıl kocaman bir nehir olup, bu olağanüstü şelaleye dönüştün Wu Wei?" diye sordu Karahindiba.

"Önüme çıkan engellere âşık oldum..." diye yanıtladı Wu Wei. Bunun üzerine daha da çok akarak suyunun üzerindeki gökkuşağını iyice belirginleştirdi minik ziyaretçisini etkilemek için.

"Madem Güneşi Batmayan Ülke'ye gideceksiniz, o halde okyanusa ulaşmalısınız..." diye devam etti Wu Wei... "Benim kıyım boyunca yürürseniz yol sizi okyanusa çıkaracaktır. Karanlıkla savaşarak değil, belki de karanlığa kavuşarak bulabilirsiniz aradığınızı... Bunu iyi düşünün."

Kim bilir
belki de savaşı kazanmanın değil
bitirmenin önemini anladığımızda
tüm canlılar barış içinde yaşayabilecekti...

Karahindiba: Korkmak ne demek Rüzgâr?

Rüzgâr: Yeterince sevememektir Karahindiba...

Nehir kenarında yürümeye başlamışlardı. Karahindiba bir yandan meraklı gözlerle etrafı izliyor, diğer yandan da Rüzgâr'ın hızına yetişmeye çalışıyordu... Etraf ne kadar güzel ve ne kadar canlıydı öyle... Sonra fark etti ki ormandaki tüm canlıların ilgisi onların üzerindeydi.

Karahindiba bu ilgiden memnundu. Rüzgâr ise dalgındı yola çıktıklarından beri. Wu Wei'nin anlattıklarını düşünüyordu hâlâ...

Savaşmak dışında başka bir yol daha vardı.

Karanlığa âşık olmak!

O sırada karşı taraftaki ağaçların arasından bir sürü çocuk fırladı... Bir tanesinin elinde siyah bir cihaz vardı. Tam Karahindiba'ya doğrultmuştu ki Rüzgâr atıldı hemen. Hızla esmeye başladı minik dostunu korumak için.

Çocuk siyah cihazın tetiğine bastığı an "Bam!" diye flaş patladı...

Ürkmüştü Rüzgâr.

"Karahindiba! Karahindiba! İyi misin?" diyerek sımsıkı sardı etrafını.

Karahindiba'nın hiçbir şeyi yoktu neyse ki. Rüzgâr bu telaşın sebebi olan çocuğa dönüp baktığında elindekinin bir fotoğraf makinesi olduğunu gördü...

Derin bir nefes alıp rahatladı.

Fotoğrafı çeken çocuk Karahindiba'ya doğru koşup "Merhaba yürüyen karahindiba. Çok havalı bir pozunu çektim senin bak..." dedi.

Karahindiba çocuğun gösterdiği şeye hayranlıkla baktı anlamaya çalışarak. Nedense bu minik canlının onunla konuşabildiğine şaşırmamıştı bile.

Gerçekten de çok havalı göründüğünü düşündü Karahindiba da. Ne güzel çıkmıştı öyle... Başında tüyleri ahenkle dans ederken, küçük köklerinin kayar gibi, yerde süzülüyor gibi görünmesi sahiden de müthişti. Bu sırada Rüzgâr, çocuklarla karşılaşmış olmanın heyecanı içindeydi. Yavaş esiyordu bu sefer çocuklar ondan kaçmasın diye... Etrafta yetişkin insan da görünmüyordu. Hemen sokuldu aralarına... Karahindiba köklerinin üzerinde kalkmış, arkadan güneş ışınları tüylü kafasını okşuyordu. Muhteşem bir görüntüydü... Fotoğrafın alt köşesine bakınca bir de ne görsün! Rüzgâr suratı kokudan çok komik bir hal almış şekilde eserken çıkmıştı fotoğrafta. Önce çok bozuldu bu duruma... Koskoca Rüzgâr'ın tek fotoğrafının pozu bu mu olmuştu? Karahindiba bir anda alt köşede Rüzgâr'ın surat ifadesini görünce kahkahayı patlatmaz mı! İkisi de çok neşeliydi.

Çocuklardan biri "Biz sizi tanıyoruz aslında..." dedi. "Çocuk parkında oynayan diğer çocuklardan duyduk sizin masalınızı. Köklerinden kopan Karahindiba'yla kudretli Rüzgâr... Sizsiniz onlar biliyoruz. Bütün çocuklar sizi konuşuyor."

"Bizi mi?" dedi Rüzgâr şaşkınlıkla. "İyi de nereden biliyorlar ki? Hem siz bizi duyabiliyor musunuz ki?"

Çocukların biri hariç hepsi başlarını salladı.

Tombik bir izci çocuk, gözünü Karahindiba'nın kırmızı balonundan alamıyordu. Ağzına kremalı bir pasta sokuşturup duruyordu sürekli.

“Elmaşekeri” deyip iştahlandı kırmızı balonu izlerken. O sırada herkes gülmeye başladı tombiğin haline. “Kendisi Lüplüp’tür” diye tanıttı arkadaşını içlerinden biri. “Onun aklı fikri yemektedir hep.”

Keyifleri yerindeydi hepsinin. Eğleniyorlardı kendilerince. Çok geçmeden ağaçların arasından bir yetişkin çıkıp seslendi çocuklara.

Karahindiba ve Rüzgâr’la vedalaşıp gitti çocuklar. Fotoğraf çeken çocuk arkasını döndü ve “Güneşi Batmayan Ülke sizi bekliyor!” diye seslendi yumruğunu sıkarak.

Tüylerini sallayarak onayladı Karahindiba. Sonra Rüzgâr'a dönerek "Sen neden panikledin bir anda?" diye sordu.

"Çocuğun elindekini silah sandım. Seni kaybetmekten korktum."

"Silah ne demek ki?"

Rüzgâr belki de ilk kez anlatmak istemiyordu. Böylesine masum bir canlıya ölüm kusan, barut kokan bir makineden, fabrikalarda silah üreten insanlardan, bununla birbirlerini ve hayvanları öldürdüklerinden söz edemezdi. Sessizce Karahindiba'nın gözlerine baktı...

"Boş ver silahları..." dedi. "Fotoğraf makineleri silahlardan daha iyi."

Kim bilir

belki de en sevdiğini kaybetme korkusu

rüzgârın içerisindeki kahramanı ortaya çıkaracaktı...

10. Adım

Karahindiba: Yara ne demek Rüzgâr?

Rüzgâr: İyileşen ama iz bırakan acıya yara denir Karahindiba...

Nehrin kenarında yürümeye devam ettiler.

Rüzgâr bozdu bu kez sessizliği.

"Duydun mu Karahindiba? Çocuklar beni duyabiliyormuş aslında... Bunca zaman... Ben... Yalnız değil miydim yani?"

Karahindiba nehrin kıyısında ilerlerlerken renkli çiçekleri, türlü hayvanları izliyordu bir yandan.

"Söylesene Rüzgâr..." dedi. "Böylesine renkli, cümbüşlü bir doğada nasıl yalnız olabilir ki bir canlı?"

Rüzgâr sessizdi bu kez.

Nasıl böyle hissedebilmişti? Bunca yıl çektiği acı boşuna mıydı yani?

Bir anda irkilerek döndü Karahindiba'ya. "Peki sen koskoca ovada neden yalnız hissediyordun o zaman?" diye sordu.

Bu soru çokbilmiş Karahindiba'yı köşeye sıkıştırmıştı. Bir süre düşündü.

"Bak Rüzgâr, ara ara hayalinde yalnız kaldığın için, kimse seni anlamadığı için yalnız hissedebilirsin... Ama bu sonsuza kadar sürmez..."

"Ne zamana kadar sürer?"

"Bak Rüzgâr, doğanın dengesi böyle. Her baharın kelebeği, her çiçeğin tombik bir balarısı ve her karahindibanın bir rüzgârı vardır hayatta."

Rüzgâr o an esmeyi bıraktı. Öylece durup bekledi.

Zaman yanına geldi o sırada.

Wu Wei'nin sesi arkasında, okyanusun eşsizliği karşısındaydı. Ve Karahindiba'sı da yanında...

Sonunda gökyüzü kadar engin bir mavilik belirmişti işte karşılarında.

Okyanusa varmışlardı nihayet.

Yere düşmüş bir gökyüzüyle hayatında ilk kez karşılaşıyordu Karahindiba... Bu kadar büyük ve serin bir suyun yeryüzünde var olabileceğini hayal dahi edemezdi.

Köklerini gıdıklayan nemli şeyin ne olduğunu merak edince indirdi başını.

O da ne!

Ne kadar güzel ve etkileyici...

"O bir denizyıldızı..." dedi Rüzgâr.

"Denizyıldızı mı? Hani geceleri gökyüzünde beliren yıldızlar gibi mi yani?"

Rüzgâr durup düşünmeye başladı tabii... Hiç görmemişti ki geceyi... Geceleri esen rüzgâr sadece onun kuyruğuydu. Gözleri asla karanlık bilmezdi. Kaçmıştı bugüne kadar hep.

"Sanırım öyle..." dedi kararsız bir sesle.

Karahindiba denizyıldızına sevinçle bakarak şarkılar söylemeye başladı. Sıska gövdesini sağa sola eğip bükerek dans ediyordu diğer yandan da.

Bu ne neşe böyle, bu ne sevinç?

"Gökyüzündeki yıldızlardan bir tane de yanımızda var!" diyordu Karahindiba. Daha ne olsun? Gökten bir yıldız düşmüştü sanki kucağına.

Denizyıldızı yerinden kalkıp su kıyısına yaklaştı iyice.

"Benim adım Sisu..." dedi. "Seni ve arkadaşını tanıyorum. Ormandakiler hep sizden söz ediyor. Duydum."

"Sisu" diye tekrarladı Karahindiba. "Sen ne kadar da güzel bir canlısın böyle. Ben Karahindiba olmasaydım Sisu olmak isterdim."

Sisu kollarını karnında bağlayarak gülmeye başladı kıkır kıkır. Tam da duyduğu gibi gerçekten çatlakmış bu karahindiba.

Sisu'nun kollarından birine takılmıştı Karahindiba'nın gözleri. Diğerlerinden daha kısaydı sanki.

"Sisu, senin kollarından biri neden diğerlerinden daha minik?" diye sordu.

Sisu derin bir iç çekip anlatmaya başladı.

"Denizyıldızı olmak çok güzeldir Karahindiba..." dedi. "Bütün kayalar, rengârenk balıklar, denizanaları... Tam bir cennettir deniz. Köpekbalıkları bile dost canlısıdır aslında. Bizler de huzur içinde yaşıyorduk koca okyanusta. Hatta âşık olduğum biri de vardı benim. İsmi Nova."

"Ne güzel..." dedi Rüzgâr. "Nova nerede peki?"

Sisu duygulandı o an. "Günün birinde gürültülü dev makinler geldi okyanusa. Sesleri sağır ediciydi. Suyun dibinde ne varsa dev hortumlarla çekip aldılar. Meğer bu dev makineleri insanlar kullanıyorlarmış. Karadaki canlılara yaptıkları eziyetleri duymuştuk hepimiz. Okyanusta kendimizi güvende sanıyorduk ama değilmişiz... O aç makineler geldiğinde denizdeki rengârenk balıklar ve muhteşem su canlıları yukarıdaki teknelere çekildiler. İşleri bitip gittiklerinde kapkaranlık, kahverengi bir suyla baş başa kaldık. Ne sevdiklerimiz kalmıştı ne de eski güzel günlerin mutluluğu. Okyanusu öldürüyordu insanlar...

Bir gün Nova'yla gezerken o dev makineler geldi. Ben bir kayanın altına saklanırsam eğer kurtulabiliriz diye düşündüm. Nova'yı tutup çekiştirirken dört bacağımla kayanın altına tutundum. Ölüm kusan makine iyice yaklaşmıştı bize. Nova'yı da çekmeye başlamıştı. Tüm gücümle Nova'yı tutuyordum, diğer yandan kayaya tutunmak için çabalıyordum. Ama o makineler bizden daha büyük ve güçlüydü... O sırada Nova'yı tutan kolum koptu. Ve Nova'yı kaybettim. Makine onu yuttu. Dev makineler gittiğinde yine sessizlik hâkimdi okyanusta. Ben ise kayaya sarılıp kurtulmuştum belki ama en sevdiğim canlıyı kaybetmiştim... Kopan kolumun acısı bunun yanında hiçbir şeydi. Koskoca okyanusta milyonlarca denizyıldızı yaşıyordu belki ama sadece bir tane Nova vardı. O benim Nova'mdı. Artık yalnız kalmıştım... Kolumun yarası iyileşti ama Nova geri gelmedi..."

Yağmur çiseliyordu ince ince... Esinti durmuştu tamamen.

Sisu derin bir iç çekti ve "O günden beri tüm deniz canlılarına yardım ederim ben..." dedi. "Onlar da Nova'larını kaybetmesinler diye."

Rüzgâr çok üzülmüştü bu hikâyeye. Doğanın hangi parçasının canı yansa en derininde hissederdi çünkü o.

Karahindiba'yı dev makineler çekip yutsalar ne yapardı peki?

Onarabilir miydi kopup giden parçasını?

Düşünmek bile istemedi.

"Nova'nın nereye gittiğini biliyorum" dedi Karahindiba.

Sisu duyduklarına inanamayarak "Nerede?" diye sordu. "Nerede söylesene, nerede?"

"Gökteki yıldızlardan biri o, tanıyorum ben. Ovada yaşarken hep göğü izlerdim. Bir sürü yıldızla tanıştım. Sen hiç merak etme Sisu... Eğer istersen her akşam göğe bakıp konuşabilirsin Nova'yla. Sen de günün birinde çıkacaksın oraya. Kavuşacaksınız."

Sisu bir umutla baktı gökyüzüne. Belki de hayatının en güzel haberini almıştı.

"Siz ikiniz, gerçekten eşi benzeri olmayan bir ikili olmuşsunuz..." dedi. "Güneşi Batmayan Ülke'ye ulaşmak için okyanusu aşmanız lazım biliyorsunuz değil mi?"

Karahindiba, yapraklarından bir tanesini koparıp Sisu'nun eksik kolunun üzerine koydu. Artık diğerleriyle eşit boydaydı bu kolu da.

"Bence en havalı kolun bu kol oldu Sisu..." dedi gülümseyerek. "Üzerinde karahindiba yaprağı taşıyan kaç tane denizyıldızı var ki şu koca okyanusta?"

Rüzgâr sessizce izliyordu ikisini. Güneşi Batmayan Ülke'yi bulacaklardı belki ama arkalarında bıraktıkları karanlığa ne olacaktı? Dünya kocaman bir karanlığın altında ezilirken, diğer canlıları kim kurtaracaktı?

Kim bilir

belki de başka canlılar karanlıkta kaldığında

senin tepende doğan güneşin önemi yoktu...

11. Adım

Karahindiba: Aşk ne demek Rüzgâr?
Rüzgâr: Bir gülümsemeyle güneşin doğması demektir
Karahindiba...

Karahindiba okyanusun sonsuzluğunu izlemekten alamıyordu kendini. Bu nasıl bir görkemdi böyle?

"Ne kadar da güzelmiş" dedi ufka bakarak.

Okyanus işitmişti minik Karahindiba'nın sesini.

"Merhaba, ben Suijin..." dedi. "Sonunda vardınız demek... Hoş geldin Rüzgâr. Sen de küçük Karahindiba olmalısın..."

Karahindiba çok bozulmuştu Okyanus'un sözlerine.

Küçük mü dedi o?

Hiç de küçük değildi ki Karahindiba! Hem canlıların boyunun ne önemi vardı ki? Bir karınca bile dünyayı değiştirebilirdi.

"Güneşi Batmayan Ülke'yi arıyoruz" dedi Rüzgâr.

"Bir de en yüksek dağı arıyoruz..." diye araya girdi Karahindiba. "Nerede olduğunu biliyor musun?"

"Çok uzun bir yol var önünüzde..." dedi Okyanus. "Beni aşmanız lazım bir kere. Güneşi Batmayan Ülke buzul dağının tepesindedir..."

Karahindiba hayranlıkla ufka bakmaya devam ederken Rüzgâr'ın içini bir korku kaplamıştı... Karahindiba'yı koskoca okyanus boyunca uçurması imkânsızdı. Azıcık yorulsa Karahindiba suya düşer kaybolur giderdi. Üstelik gün batmaya başlamıştı artık. Karanlık çökmek üzereydi. Rüzgâr'ın sessizliği Karahindiba'yı huzursuz ediyordu giderek.

Okyanus da Rüzgâr'ın kaygılarının farkındaydı.

"Karahindiba'yı bu mesafe boyunca taşıyamazsın..." dedi. "Bundan sonra yola tek başına devam etmen gerekecek. Ben burada Karahindiba'ya bakarım."

Yağmur çiselemeye başladı o sırada. Rüzgâr sert ve kararlı bir çıkışla "Hayır!" dedi. "Ben Karahindiba'yı son nefesime kadar uçuracağım. Aşmam gereken dev bir okyanus da olsa önümde onu bırakmam, bırakamam."

Hepsi sessizliğe gömülmüştü.

"İleride Güneşi Batmayan Ülke seni bekliyor..." dedi Karahindiba güçlü görünmeye çalışarak. "Ben burada seni beklerim."

Rüzgâr kimseyi dinlemek istemiyordu... Ağaran güne bakarken Karahindiba'sız esip yola devam etme fikri onu derinden yaralıyordu. Karahindiba ilk kez Rüzgâr'ı bu kadar huzursuz, bu kadar sert görüyordu. Hep mızıkçıydı. Yine de doğası gereği sert olamazdı.

"Hayır!" diye sessizliği böldü Rüzgâr. "Yapabilirim, başarabilirim. Hiç dinlenmeden esersem, çok dikkatli olursam seni okyanusun üzerinden uçurabilirim."

Okyanus bunun pek mümkün olmadığını biliyordu tabii... Kendini ikna etmeye çalışıyordu Rüzgâr ama boşuna. Durmadan okyanus boyunca esmesi, Karahindiba'yı suyun üzerinde tutması imkânsızdı. bir anlık hata, Karahindiba'nın sulara gömülmesine neden olurdu.

"Ben varım!" diye atıldı Karahindiba. Hem kırmızı balonu da vardı. Yapraklarını kuş gibi çırparak suyun üzerinde kalmaya çalışabilirdi. "Ovada amaçsız bir hayat süreceğime senin yanında okyanusta boğulurum" dedi.

Rüzgâr'ın içi parçalanmıştı üzüntüden.

"Hayır..." dedi bu sefer yumuşak bir sesle. Ufka doğru baktı sonra. En büyük hayali, acılarının son bulacağı Güneşi Batmayan Ülke oradaydı, okyanusun ardında. Arkasında ise Karahindiba ve sonsuz bir karanlık duruyordu. İkisi arasında sıkışıp kalmıştı.

"Benim için Wu Wei ile konuşur musun?" diye sordu Okyanus'a. "Kunduzlar bize bir sal yapsın. Üzerinde bir de yelkeni olsun lütfen."

Okyanus Rüzgâr'ın zekâsına hayran kalmıştı. "Muhteşem bir fikir!" diye atıldı heyecanla... "Hemen söylerim ama güneş batıyor bak. Sandal ancak yarın biter. Şimdi bol bol esmen lazım. Yoksa karanlık çökecek."

Rüzgâr sessizdi yine. Ufacık bir karahindibanın arkasında dev bir karanlık yükseliyordu.

O zaman bugün Rüzgâr ilk kez kaçamayacaktı.

Karahindiba şaşkınlıktan donup kalmıştı. Rüzgâr doğuya doğru baktı ve dostunun yanına esti usulca... Kıvrıldı Karahindiba'sının yanına... Korkudan tir tir titriyordu... Karanlık onu hep korkutuyordu ama bugün başka seçeneği yoktu.

Karahindiba'nın yanına oturup beklemeye başladı içi titreyerek. Çektiği acının tarifi yoktu. Karahindiba karanlığın Rüzgâr'ı yutmasından korkuyordu... "Ne yapsam da Rüzgâr'ın dikkatini dağıtsam?" diye düşünürken aklına dâhiyane bir fikir geldi...

Başladı anlatmaya...

"Günün birinde Anemos ve Pikralida adlı iki kahraman yola düşmüşler... Tek amaçları kötü kalpli Ergostasio adlı canavarı yok etmekmiş. Bu canavar bütün canlıların içinden parıltıyı ve kahkahayı çalan çok acımasız bir yaratıkmış."

Rüzgâr ise masalları çok severdi... Gerçi hayatında sadece bir kez masal duymuştu ama, biliyordu işte sevdiğini... Özellikle de Karahindiba'nın uydurma kelimelerine ve hayal gücüne bayılıyordu... Biraz olsun korkusu dinmeye başlamıştı... Sadece biraz...

Karahindiba, cesaretlenip devam etti masalına:

"Ergostasio tüm aydınlığı ve kahkahayı yutmaya başladığında önce ovaya, sonra çocuk parklarına saldırmış."

"Hayır!" dedi Rüzgâr. "Ova olmaz! Çocuk parkları olmaz!"

Ne kadar da saftı şu Rüzgâr? Masalları gerçek sanıyordu galiba. Karahindiba onu yatıştırmaya çalışarak "Sakin ol..." dedi. "Senin bilmediğin bir şey var ki Anemos ve Pikralida çok inatçıymış. Üstelik yalnız da değillermiş."

"Yalnız değiller mi? Ergostasio ovayı ve çocuk parklarını yutarken niye karşı koyan olmamış? Neden görmezden gelmişler? Karanlıkla mücadele etmek bir tek onların savaşı mıymış?"

Yağmur çiselemeye başlamıştı o an.

Yumuşak bir sesle devam etti Karahindiba...

"Şışşşşş... Şışşş... Kafanı kaldır... Bak bir gökyüzüne..."

Rüzgâr kafasını kaldırmak istemedi... Babası göğün karanlık olduğu bir hayat düşünemezdi bile...

Daha da küçüldü ve yere yaklaştı... En azından annesi toprak onun korkusunu bir nebze olsun azaltabilirdi...

Karahindiba yumuşak ve emin bir ses tonuyla devam etti. "Ama Ergostasio'ya karşı gelebilecek en güçlü canlılar Asteri'ler... Onlarla tanışmak istemez misin?"

"Asteri'ler mi? Nerede onlar?"

Karahindiba yaprağıyla göğü işaret etti.

Rüzgâr hayatında ilk kez kapkaranlık göğe yüzünü çevirip baktı. Karanlığın ardında minik ışık taneleri belirdi o an.

Karahindiba anlatmaya devam etti:

"Asteri'ler oldukça, dev karanlığın içinde ufacık da olsa aydınlığa odaklandıkça, Anemos ve Pikralida vazgeçmedikçe, Ergostasio yenilmeye mahkûmdur Rüzgâr."

Rüzgâr ateşten güçlü parlayan ışık tanelerine bakmaktan alamıyordu kendini, büyülenmiş gibiydi adeta. İçini dolduran huzurla birlikte, uykusu da gelmeye başlamıştı.

"Peki bu karanlık canavarı, ne zaman vazgeçecek?" diye sordu yarı uykulu...

Karahindiba fısıltıya cevapladı:

"Çocuk parklarına güneş doğduğunda."

Fakat Rüzgâr çoktan uyumuştu bile.

Gecenin karanlığında Okyanus da sessizce durup dinlemişti bu masalı. Hayatı boyunca duyduğu en güzel masal olmalıydı bu. İkisine de yardım edecekti. Ne olursa olsun çaresiz bırakmayacaktı onları... Bu iki güzel canlı, Güneşi Batmayan Ülke'yi hak ediyorlardı.

Kim bilir
belki de çocuk parklarına güneşi doğuracak kişiler
bir masala inanacak kadar saf canlılardı...

12. Adım

Karahindiba: Söylesene Rüzgâr, Güneşi Batmayan Ülke neresi?
Rüzgâr: Tüm canlıların acısının son bulduğu yerdir Karahindiba...

Karahindiba ve Rüzgâr birbirlerine sarılmış uyuyorlardı güneş doğduğunda... Rüzgâr yavaş yavaş kendine gelmeye başlamıştı. Doğduğundan beri ilk kez bir gece uykusu uyumuştu, inanılır gibi değildi...

Kalkar kalkmaz Okyanus'a esti doğruca. Okyanus ise sakindi.

"Sana bir sürprizim var..." dedi. "Kunduzlar gece boyunca çalışıp bu yelkenliyi yaptılar size bak. Ben seni gün doğana kadar uyandırmak istemedim. Önünde uzun bir yol var. Hem Karahindiba'yı korumalısın hem de bu yelkenliyle uzun bir yolculuk yapmalısın. Bu sefer esip kaçamazsın. Senin bir yükün var."

Rüzgâr önce yelkenliye baktı sonra Okyanus'a... Arkasını döndüğünde uykudan yeni uyanmış, gözlerini ovuşturup duran Karahindiba'yı gördü.

"Taşıdığın yük aşksa eğer... Ağırlığının bir önemi yok..." dedi.

Okyanus ise sadece hayranlıkla bakıyordu bu ikiliye... Şüphesiz ki çok saflardı... Rüzgâr binlerce yıllık yaşına rağmen hâlâ bir çocuktu. Karahindiba ise... Zaten bir mevsimlik ufacık bir bitki... Ama anlıyordu artık masumiyetin barındırdığı bu gücü...

Karahindiba inanamıyor gibi bakıyordu yelkenliye.

"Uçuyor mu bu?" diye sordu. "Bununla mı gideceğiz Güneşi Batmayan Ülke'ye?"

Okyanus gülümsedi...

"Rüzgâr gücüyle giden bir yelkenli bu. Seni ıslanmadan Güneşi Batmayan Ülke'ye taşıyacak."

Karahindiba sevinçle atladı yelkenliye. "Bak Rüzgâr hiç ıslanmadan okyanusun üzerinde durabiliyorum..." diye böbürlenmez mi yine?

Yerden içi oyuk küçük bir taş alan Rüzgâr, Wu Wei'nin suyundan doldurdu içine ve minik dostuna uzattı. "Al Karahindiba..." dedi. "Ama azar azar içmen lazım bu suyu... Yolculuğumuz uzun olacak."

Karahindiba çıkacakları yolun tehlikelerinden habersizdi hâlâ. İşin ciddiyetinin farkında değildi. Eğilmiş, salın kenarındaki yazılara bakmaya çalışıyordu. "Bu işaretler ne?" diye sordu Okyanus'a... Okyanus yaklaşıp okudu:

"Lero..." dedi. "Sanırım Yoruba dilinde umut demek..."

Karahindiba'nın çok hoşuna gitmişti... Kunduzların dişleriyle kazıdığı bu işaretler güç verecekti onlara...

Rüzgâr ise hâlâ hazırlık peşindeydi... Sahilden bir deniz kabuğu alıp salın üzerine yerleştirdi. Karahindiba deniz kabuğunun şeklinden çok hoşlanmıştı... Başını eğip yakından baktığında "Vovvv!" diye zıpladı yerinden. "Rüzgâr bu kabuk şarkı söylüyor!"

Okyanus kahkahayı patlattı. Ne kadar da şapşaldı Karahindiba... Diğer yandan da haklıydı tabii... "Sen kalbini açarsan eğer doğadaki her şeyin sana fısıldayacağı bir bestesi vardır" dedi.

"Kalp mi? O ne demek? Dans etmeye hazır olmak gibi bir şey mi açık kalpli olmak?"

Okyanus gülümsüyordu... "Öyle de denebilir tabii..."

Rüzgâr bir avuç toprağı deniz kabuğuna doldurdu ve Karahindiba'ya köklerini bu toprağa sıkıca saplaması gerektiğini söyledi. Bulut kafa dünden hazırdı şarkı söyleyen deniz kabuğunun içinde olmaya.

Rüzgâr geri çekilip her şey tamam mı diye uzaktan inceledi yelkenliyi. Karahindiba yaprağına bağlı kırmızı balonu, köklerini sapladığı deniz kabuğu ve bir parça suyuyla yolculuğa hazır gibi görünüyordu artık. Sonra aklına bir şey geldi, heyecanlandı.

"Dur Karahindiba dur, bir şey eksik..." dedi. Kıyı boyunca hızla esti ve dönerken uzun bir yosunla yuvarlak bir kabuk getirdi.

Okyanus merakla izliyordu onu.

Rüzgâr yosunun iki ucunu birbirine bağladı kabukla birlikte. Sonra Karahindiba'nın başına geçirdi çapraz biçimde. Karahindiba bayılıyordu yeni hediyeler almaya.

"İşte şimdi tam bir korsana benzedin..." dedi Rüzgâr. "Artık hazırsın."

Karahindiba nedenini bilmeksizin çok mutlu olmuştu. "Prenses mi oldum yani şimdi ben?" diye sordu.

"Hayır. Prensesler hep kahramanlarını beklerler. Sen zaten bir kahramansın. Artık korsan oldun! Açık denizlerin en esaslı denizcileri korsan çetesidir Karahindiba."

Karahindiba gururlanmıştı. Rüzgâr'ın sözleri çok etkilemişti onu. Yaprağını ufka çevirdi ve "Bekle bizi Güneşi Batmayan Ülke, açık denizlerin en esaslı çetesi geliyor!" diye haykırdı...

Rüzgâr da yola koyulmaya hazırdı artık. "Her şey için teşekkür ederim Okyanus..." dedi. Sonra eğilip fısıldamaya başladı: "Sana bir şey söylemem lazım..."

"Söyle tabii."

"Kırmızı balonu tek başına havada uçarken görürsen eğer, biz başaramadık demektir... Doğadaki canlılardan özür dile benim adıma... Onları yüzüstü bıraktığım için."

"Ah Rüzgâr..." dedi Okyanus. "Koskoca doğanın bütün yükü senin kadar hafif bir canlıya ağır gelmez mi?"

"Onları bu vahşetle baş başa bırakmaktan daha hafiftir doğanın yükü..." dedi. "Söylediğimi yapacaksın değil mi, söz verir misin bana?"

Okyanus hafifçe dalgalanarak onayladı Rüzgâr'ı... Yelkenliyi kuvvetli bir dalgayla ittirmeye başladı sonra. Karahindiba kafasında korsan bandıyla sevinç çığlıkları atıyordu ufka bakarak.

Okyanus peşlerinden seslendi:

"Güneşi Batmayan Ülke'ye vardığınızda içinde plastik atıklar olmayan bir okyanus bulursanız bana haber verin olur mu?"

Karahindiba Okyanus'a havalı bir selam çaktı.

Rüzgâr, yelkeni doldurmak için esmeye başlamıştı bile çoktan.

Bütün tehlikelere ve risklere rağmen Karahindiba'nın bu çocuksu coşkusundan tarifsiz bir güç aldığını hissediyordu Rüzgâr.

Başarabilirlerdi gerçekten. Aşabilirlerdi okyanusu.

"Hey korsan Karahindiba..." dedi Rüzgâr. "Sence çetemizin yeni ismi ne olsun?"

Karahindiba biraz düşünüp kararını verdi.

"Buldum!" dedi neşeyle. "Korsan Karahindiba ve mızıkçı korsan Rüzgâr!"

Bu kez kızmamıştı Rüzgâr. Artık kabullenmişti mızıkçılığı ne de olsa. En azından Karahindiba'sının mızıkçı Rüzgâr'ıydı...

Hayalperest Karahindiba, masum Rüzgâr ve salları Lero...

Sonsuz bir okyanusun üzerinde imkânsıza doğru bir yolculuğa çıktılar...

Kim bilir
belki de imkânsızı fethedecek tek güç
ancak masumiyetin kalbinde yeşeren bir umut parçasıydı...

Karahindiba: Masumiyet ne demek Rüzgâr?

Rüzgâr: Tüm bu vahşete direnmek demek Karahindiba...

Karahindiba'yla Rüzgâr'ın okyanus serüveni başlamıştı. Dev gemilerin bile aşmakta zorlandığı bu suları ufacık bir yelkenliyle aşmaya kalkışmak deli cesaretiydi doğrusu...

İlerledikçe dalgaların büyüklüğü ve şiddeti artıyordu sanki. Karahindiba ne kadar gizlemeye çalışsa da içten içe ürperiyor, korkuyordu. Dev dalgalar yelkenlinin altından gelip geçerken bulutlara kadar yükseliyorlardı bazen. Bu hem heyecan verici hem ürpertici bir deneyimdi bulut kafa için. Yüreği ağzında bir yolculuk olacaktı belli ki...

Rüzgâr Karahindiba'nın ilk kez bu kadar korktuğuna şahit oluyordu. Minik dostunu tehlikeye atmamak için büyük çaba sarf ediyordu.

"Sayın korsan çetesi başkanı, yelken yolculuğu eğlenceli miymiş?" diye sordu şakayla.

Karahindiba ise hemen kendini toparladı.

"Dalgaların bu kadar büyük olmasına, bu kadar dev bir suya alışkın değilim tabii..." dedi. "Ama endişelenmene gerek yok, iyiyim ben."

Yelkenli bir ara yan yatacakmış gibi oldu kuvvetli bir dalganın ters gelmesi yüzünden. Karahindiba korkuyla "Rüzgâr!" diye bağırdı.

Yelkenlinin içinde sürüklenerek suya düşecekti az kalsın. Rüzgâr çevik bir hamleyle yelkenleri doldurunca salı doğrultmayı başarmıştı.

O nasıl bir kudretti öyle?

Karahindiba büyüleniyordu Rüzgâr'ın yeteneklerini ve zekâsını izlerken.

Rüzgâr minik dostunu kendine hayran bıraktığının farkındaydı elbette. Gördüğü ilginin tadını çıkarmak istercesine yelkenliyi dalgaların arasında kaydırmaya, minik dostuna gösteriş yapmaya başlayınca fazla risk yarattığını fark etti. Okyanusta dalgalarla şaka olmazdı. Üstelik yelkenlinin içinde minicik bir karahindiba taşırken... Yelkenliyi fazla sallamaktan kaçınması gerektiğini düşünüp sakinleşti. Gösteriş yapacağım diye Karahindiba'ya zarar vermek istemezdi...

"Hey bulut kafa!" diye seslendi. Dalgalar korkutucu değildir aslında. Okyanusun suyu dans ettirmesidir onlar biliyor musun?"

Karahindiba yerinden doğrulup önce dalgalara sonra Rüzgâr'a baktı. Haklıydı Rüzgâr! Bunu nasıl da akıl edememişti?

"Çok güzel dans ediyorlar" dedi.

Bir süre dalgaların arasında ine çıka ilerlediler.

"Dalgalar okyanusun suyu dans ettirmesiyse eğer, fırtına da rüzgârın havayı dans ettirmesi olmuyor mu sence?" diye sordu Karahindiba. "Sen fırtına olmaktan neden kaçıyorsun?"

Rüzgâr esmeyi kesti bunun üzerine. Artık suyun üzerinde bir yukarı bir aşağı sallanıyordu yelkenli. İlerlemiyordu.

"Bilmiyorum..." dedi Rüzgâr. "Sanırım hiçbir canlının benim yüzümden zarar görmesini istemiyorum."

"Ama sen benim tanıdığım en iyi canlısın bu dünyada. Kimseye zarar veremezsin ki!"

Rüzgâr sessizliğe gömülmüştü yine. Sanki yorulmuştu da. Minik dostunu koruma kaygısıyla yol almaya çalışmak pek de kolay değildi.

Kendi fırtınasından kaçan bir rüzgâr olabilir miydi acaba?

Epey düşündükten sonra tekrar esmeye başladı. Suyun ortasında zaman kaybedemezlerdi, bu çok tehlikeliydi.

Karahindiba yelkenin direğine tutunup şarkı söyledi bir süre. Rüzgâr daha önce hiç duymamıştı bu şarkıyı.

"Ne şarkısı bu böyle?" diye sordu.

"Korsan şarkısı" dedi Karahindiba.

"Onu anladım da, neden şimdi şarkı söylüyorsun ki?"

"Dalgalar için söylüyorum. Çünkü dans etmek isteyen hiç kimse müziksiz bırakılmamalı."

Okyanus keyifle dinlemeye devam ediyordu onları. Güneşi Batmayan Ülke'de, dalgası kırılmayan bir okyanus da olabilir miydi acaba?

Okyanus büyük bir dalgayla salı ilerletirken Rüzgâr da yelkeni şişirdi.

Ufacık bir sal dev okyanusun üzerinde sörf yapıyordu adeta.

Karahindiba hiç şüphesiz hayatının en güzel anlarından birini yaşıyordu. Ovada doğup büyüyen hangi çiçek böylesine bir anı yaşayabilmişti ki?

Kim bilir
belki de doğanın yanağını okşayan her meltem
rüzgârın bir karahindibayı etkileme çabasıydı...

Karahindiba: Mutsuzluk ne demek Rüzgâr?

Rüzgâr: Bir masalın kahramanı olduğunu unutmaktır Karahindiba...

Bir süre okyanusta ilerlediler... Artık hava kararmıştı. Rüzgâr korkmuyordu karanlıktan. Sonuçta karanlıkla olan savaşında tek başına değildi artık... Asteri'ler de vardı... Karahindibası da... Ama bu kadarlardı işte. Acaba güçleri yetecek miydi karanlığa meydan okumaya?

Sürekli esmekten yorgun düşmüştü sonunda. Biraz dinlense iyi olurdu ama salın dengesini yitirmesinden korkuyordu.

"Göğe bak Rüzgâr!" dedi Karahindiba o sırada.

Rüzgâr başını göğe kaldırdığında heyecanla dolup taştı içi. Bu karanlık gökyüzü rengârenk ışıklarla doluydu.

"Şu taraftaki renkli ışıklar ne Rüzgâr?"

Rüzgâr pek emin değildi ama bir tahmini vardı.

"Galiba kuzey ışıkları dedikleri şey bu Karahindiba... Ben de ilk kez görüyorum."

Rüzgâr durunca okyanus da dalgaları dindirdi yavaş yavaş. Bu anın tadını kaçırmalarına izin veremezdi. Kuzey ışıkları gezegendeki her canlıyı kendine hayran bırakabilirdi.

Uzun uzun sessizce izlediler göğün ışıklarını... Sonra bir ara yeşil bir ışık huzmesi uzandı onlara doğru. Karahindiba hiç düşünmeden zıplayıp tutmaya çalıştı ama başaramadı. Derken ışık huzmesi gelip Karahindiba'nın başına kondu... Minik bulut kafa bayılacaktı mutluluktan. Hayallerinin bile ötesinde bir andı bu.

"Merhaba, ben Litur..." dedi yeşil ışık. "Bütün bu renk cümbüşünün mimarı benim."

Nasıl da gururlu, nasıl da şımarık...

Rüzgâr da Litur'la tanışmamıştı daha önce. Hayli ilginç ve cana yakın bulmuştu onu.

"Merhaba Litur..." dedi Karahindiba. "Ben korsan Karahindiba. Yanımdaki de korsan Rüzgâr... Sen de bu okyanusların en esaslı çetesine üye olmak ister misin?"

Litur Karahindiba'nın biraz deli olduğunu duymuştu ama bu kadarını da beklemiyordu doğrusu.

"Şu kırmızı balonunuzla gerçekten de azılı bir korsan çetesi olduğunuzu görebiliyorum. Söylesene bu çetenin amacı nedir?"

Karahindiba hemen cevap verdi:

"Canlıların üzerine serilmiş olan karanlığa meydan okumak. Ve en yüksek dağa çıkıp bulutlarla oynamak."

"Demek öyle... Peki ya bu karanlık neden düşmanınız sizin?"

Şaşırtıcı bir soruydu bu sahiden.

Herkes birbirine bakmaya başlamıştı o an.

Litur, Rüzgâr'ın karşısına geçerek, "O çok sevdiğin gök baban var ya, işte onun karanlığıdır gece..." dedi. "Yoksa sen babanı mı sevmekten vazgeçeceksin karanlık çöktüğünde?"

Rüzgâr ağlamak üzereydi... Hiç böyle düşünmemişti. Ne diyeceğini bilemedi.

"Babanın canlılara verdiği en güzel hediyedir karanlık. Tüm renkler kaybolur gece olduğunda. Karanlık çökünce üstünlük kaygısı son bulur. Kimse artık daha kırmızı değildir. Kimse artık daha sarı olmakla övünmez. Kimse kimseyi ezemez. Karanlık bütün sıfatları yutar. Paramparça eder önyargıları... Barışı ve eşitliği getirir."

Rüzgâr ne diyeceğini bilmiyordu...

"Ben... Ben hiç böyle düşünmemiştim."

"Tanımıyorsun ki karanlığı..." diye devam etti Litur. "Karanlığa hiç şans vermemişsin ki sana kendini anlatsın. Peki ya anlaşılmamak... Nasıl hissettirir canlıları? Hatta bunu en iyi sen bilirsin değil mi?"

Rüzgâr çok sarsılmıştı bu konuşmadan. Binlerce yıldır kaçtığı şey gerçek değil miydi yani? Aklı almıyordu bir türlü...

"Anlamadığını sevemezsin, sevemediğinden korkarsın, korktuğunla da savaşırsın..." dedi Litur. "Söylesene bu dünyaya bir savaş daha ekleyerek nasıl barışı getireceksin?"

Bunca yıldır tutunduğu hakikat, bir anda nasıl şekil değiştirmişti. Her şey altüst olmuştu.

"Ben savaşmak istemiyorum artık..." dedi Rüzgâr. "Yoruldum."

Litur, dostça yanına geldi Rüzgâr'ın. "O zaman korkmayı bırak..." dedi. "Bak gökyüzüne... Baban neden karanlık bir göğe dönüşür her gece hiç mi düşünmedin? Sen onu güneşe düşman mı sanıyordun Rüzgâr? Halbuki baban, güneş biraz dinlensin diye kararır geceleri. Yani güneşi çok sevdiğinden... Dev bir tuval gerer gökyüzüne, kapkaranlık bir kumaştan... Asteri'ler, Luna, Litur çıkar tuvalin üzerine ve masallar anlatırlar yeryüzündeki canlılara."

"Ben de çok iyi masal anlatırım..." diye araya girdi Karahindiba. "Gece de anlatabilirim dinleyen olursa tabii."

"Ah Karahindiba..." dedi Litur. "Senin masalın bir gezegenin kaderini değiştirebilecek güçte."

Karahindiba yine gururlanmıştı.

Bütün gezegen mi dedi o?

Aslında düşününce haklıydı tabii Litur. Bunu başarabileceğini biliyordu Karahindiba...

"Sevgili Litur, bence sen de bizim çeteye üye olmalısın."

Litur da bu muzip Karahindiba'yla oynamayı sevmişti.

"Nedenmiş?" diye sordu şakacı bir tavırla.

"Çünkü seninle yolculuk yaparken gökyüzünde renk cümbüşü oluşuyor... Kim böylesine renkli bir gökyüzünün altında mutsuz olabilir ki?"

Bu sözler en hassas yerinden vurmuştu Litur'u. Sessizleşmişti birden.

"Haklısın Karahindiba..." dedi. "Ben Litur... Her gecede, her gündüzde, her mevsimde hep oradayım aslında. Neden canlılar benim varlığımı unutuyor, umutsuzluğa kapılıyor anlamış değilim."

Karahindiba'nın aklına bir fikir geldi o sırada.

"Buldum!" dedi. "Masal geceleri yapalım biz. Bütün canlılar dinlesin. Sen renk cümbüşü yarat ben masal anlatayım, Rüzgâr da esip herkese ulaştırsın masalımızı... Ne dersin Rüzgâr?"

Rüzgâr düşünceliydi. "Yola koyulmamız lazım" dedi. Yelkeni doldurarak hareketlendirdi. Yolun nereye varacağını kestiremese de minik dostunu okyanusun ortasında tehlikenin içinde uzun süre tutamazdı.

Yola çıkma zamanı gelmişti artık.

"Senden bir ricam var..." dedi Karahindiba Litur'la vedalaşırken. "Gökyüzüne bir karahindiba ve bir rüzgâr çizebilir misin? Ben uçmayı çok seviyorum da."

Litur için çok ilginç bir istekti bu ama masum bir karahindibayı kırmak da istemezdi. Rengârenk bir karahindiba ve rüzgâr çizdi ışığıyla gökyüzüne hemen. Sihrin, karanlığın kalbinde yeşerdiği bir andı bu...

Rüzgâr hayranlıkla izliyordu Litur'u...

Ama hepsinden değerlisi, gök babası da mı canlıların iyiliği için çalışıyordu yani? Peki ya toprak... O da mı? Rüzgâr'ın ailesi aslında onu hiç yalnız bırakmamış mıydı?

Etrafındaki birbirinden yetenekli canlılar ona destek veriyorlardı. Tek başına dünyayı değiştirmek imkânsızdı belki ama Rüzgâr ilk kez yalnız olmadığını hissediyordu.

"Hey Rüzgâr!" diye seslendi Litur. "Bu kadar renkli bir gökyüzünün altında hangi canlı mutsuz olabilir ki?"

Rüzgâr anlamıştı ne demek istediğini. Litur'a teşekkür edip doldurdu minik yelkeni.

Kırmızı bir balon, ufacık bir karahindiba, masum bir rüzgâr ve salları Lero okyanusta yol almaya başladılar yine...

Güneşi Batmayan Ülke'de onları ne bekliyordu kim bilir...

O gece ormandaki ve okyanustaki tüm canlılar gökyüzünde bir karahindiba ve rüzgâr gördüler... Bu iki kahraman kendi acılarından kaçarken yerkürenin umudu olmuşlardı...

Kim bilir
belki de masallara inanan her canlı
bu göğün altına bir kalp dolusu mutluluğu sığdırabilirdi...

13. Adım

Karahindiba: Hayal kırıklığı ne demek Rüzgâr?

Rüzgâr: İçeride eksik olan parçayı dışarıda aramaktır Karahindiba...

Güneşin doğup batışını takip ederek ne kadar zaman okyanusta kaldıklarını hesaplayamaz olmuşlardı artık. Çünkü güneşin neredeyse hiç batmadığı oluyordu. Hatta sanki uzun zamandır karanlığı, geceyi ve yıldızları görmemişlerdi.

"Garip..." dedi Karahindiba. "Güneş hiç mi batmıyor, yoksa yıldızlar yolunu mu şaşırdı? Geceyi bulamıyoruz bir türlü... Yok olmuş gibi!"

"Güneş batmıyor mu?" dedi Rüzgâr heyecanla. Farkında bile değildi günlerdir havanın tam olarak kararmadığının... Karahindiba'nın konuşması üzerine uyandı sanki...

"Geldik mi yoksa?" dedi Rüzgâr.

"Geldik mi Rüzgâr?" diye heyecanla karşılık verdi Karahindiba.

"Güneşi Batmayan Ülke!" dedi Rüzgâr.

"Hani nerede?" diye sordu Karahindiba.

Rüzgâr yelkenliyi Okyanus'a emanet edip uzaklaştı Karahindiba'nın yanından. Etrafta hızla esip dolandı. Hızını artırdıkça havada küçük kar taneleri, incecik buz parçaları da savruluyor, bazıları yelkenlide heyecan içinde bekleyen Karahindiba'nın kafasına düşüyor, tüylerinin arasında eriyip gidiyordu.

"Kar!" dedi Karahindiba kendi kendine. "Ah Rüzgâr. Hadi dön artık."

Tepesine biraz daha kar ve buz parçacıkları yağmaya devam etti Karahindiba'nın... Üşümeye başlamıştı artık. Fazlasıyla serindi burası...

Neyse ki çok geçmeden Rüzgâr geldi. Neşe içinde hızla döndü kendi etrafında.

"Geldik Karahindiba!" dedi. "Geldik! Az ileride Güneşi Batmayan Ülke!"

Minik yapraklarını çırparak hüngür hüngür ağlamaya başlamıştı Karahindiba. "Başardık!" diyordu sürekli. "Başardık, başardık... Bulduk işte... Başardık!"

Suyun içindeki geniş buz kütlelerinin arasından yelkenliyi dikkatle sürükleyen Rüzgâr, sonunda bir sahile yanaştırmayı başardı. Yelkenliden inen Karahindiba "Ay!" diye bir çığlık attı. "Bu da ne böyle? Köklerim dondu. Yere yapıştı!"

"Köklerin mi dondu?"

O an ikisi de durup etrafı izlemeye başladılar dikkatle. Uçsuz bucaksız bembeyaz bir dünya uzanıyordu önlerinde. Üstelik buz gibi... Karahindiba köklerini kurtardı buzdan.

Her şey buz tutmuş, toprak donmuş, doğa beyaza bürünmüş... Bir karış toprak bile yoktu görünürde... Bir tutam çiçek, minicik bir dere, cılız bir serçe dahi yoktu...

Ama peşinden koştukları iki şey de vardı...

Hiç batmayan bir güneş ve tepesi bulutları delip geçen bir dağ...

"İşte bu!" diye çığlık attılar birlikte. "Gerisi hiç önemli değil... Aradığımız şeyler fazlasıyla var burada!"

Merhaba batmayan güneş! Merhaba en yüksek dağ!

Hayatlarının sonuna kadar burada mutluluk içinde yaşayacaklarından emindiler. Evet, biraz soğuk olabilirdi ama ne önemi vardı? Sonuçta ikisi de hayalini gerçekleştirmiş, upuzun bir yolun sonunda mutluluğa kavuşmuşlardı. İkisinden daha neşelisi olamazdı bu dünyada...

Coşkuyla ve var güçleriyle kaymaya başladılar buzların üzerinde.

Fıy, fıy, fıy!

İkisinin de soluğu buz kesiyor, su taneciklerine dönüşüp havada asılı kalıyordu ama öylesine ateşli bir heyecan içindeydiler ki üşümüyorlardı.

“Hadi en yüksek dağa çıkmama yardım et Rüzgâr!”

“Hayhay korsan bulut kafa, emriniz olur.”

Rüzgâr artık hiç zorlanmıyordu minik dostunu bir yerden başka bir yere taşırken. Azıcık estiğinde bile buzun üzerinde kayıp gidiyordu Karahindiba. Dağa tırmanması da uzun sürmedi bu yüzden. Bulutların arasından geçerken gözleri doldu Karahindiba’nın. Dünyanın en güçlü, en gösterişli, en ilham veren bitkisi gibi görüyordu kendini. Ovadaki bodur çiçekler ah keşke görselerdi onu...

Nasıl da dalga geçiyorlardı onun uçma hayaliyle... Hatta şapşal bile buluyorlardı Karahindiba'yı imkânsız bir hayale kapılıp gittiği için. Acıyanlar bile vardı onun bu zavallı haline. Şimdi Karahindiba'yı bulutların arasında dağa tırmanırken görselerdi kıskançlıktan yaprak dökerlerdi muhtemelen.

Tepeye vardıklarında yaprakları bulutlara değiyordu Karahindiba'nın... Pamuksu başını göğe yaslayabiliyordu artık. Bulutlar, Karahindiba'nın gerçekten de ait olduğu yerdi belki de...

Heyecanla kafasını bir bulutun içine yerleştirdi. "Rüzgâr bana baksana..." dedi kahkahalar atarak.

Karahindiba'nın kafası görünmüyordu buluttan.

"Şimdi gerçek bir bulut kafa oldun!" dedi Rüzgâr gülerek.

İmkânsızın mümkün olabildiği bir anın içindeydiler adeta. Bu bir mucizeydi... Gerçek bir mucize...

Karahindiba her durumda eğlenmeye devam ediyordu yine.

"Dağın şu tarafı kaydırağa benzemiyor mu?" diye sordu. Aklında bir fikir olduğu belliydi.

Rüzgâr aşağıya baktı merakla.

"Hem de çok büyük bir kaydırak..." dedi. O da aynı şeyi düşünüyordu aslında.

"Dağdan aşağıya son sürat kayalım mı birlikte?"

"Kayalım tabii ki."

Rüzgâr dünden hazırdı bu maceraya.

Birlikte buzul dağının tepesine çıktılar hemen.

Üç, iki, bir ve!

Son sürat kaymaya başladılar aşağıya. Öyle hızlıydılar ki kırmızı balon arkalarında kalmıştı. Güneş tam kendini göstermese de aydınlıktı gökyüzü... Dağdan son sürat kayarlarken birbirlerine baktılar.

O sırada Zaman, yanlarına geldi. Resmen yavaşlamıştı an.

Birbirlerine bakakaldılar öylece... Zaman'ın etkisinden mi, yoksa dağın yüksekliğinden mi bilinmez en uzun kaydırak yolculuğu olmuştu bu ikisi için de...

Aşağıya vardıklarında Karahindiba tüylü kafasını düzeltti...

Çok mutlu görünüyordu Rüzgâr. Güneşi Batmayan Ülke'sine kavuşmuştu sonunda. Üstelik yanında da biricik Karahindiba'sı vardı... Daha ne kadar güzel olabilirdi ki "an" dedikleri?

Günler boyunca birlikte bulutlara tırmanıp aşağılara kaymışlardı. Güneş hiç batmadığı için ne kadar zamandır burada olduklarını hesaplayamaz olmuştu ikisi de. Önceleri bir önemi yoktu bunun... Ne fark ederdi kaç gün ya da kaç aydır burada oldukları? Sonuçta bir hayalin içindeydiler ve mutluydular.

Ne var ki bir şeyler yolunda değildi sanki...

Burada mevsimler yoktu. Ne bahar geliyordu ne yaz. Ne uykuya dalıyordu doğa ne canlanıyordu. Ne renkler vardı ne hayvanlar... Ne gece vardı ne yıldızlar... Beyaz bir boşluğun içinde savrulup gidiyor gibi hissetmeye başladılar bir zaman sonra. Bu da başka bir belirsizlik, başka bir hapishane değil miydi yani?

İkisi de coşkulu ve neşeli görünse de içten içe bir huzursuzluk ve tedirginlik hissi başlamıştı.

Rüzgâr yine huysuzlanıyor, kaygılanıyor, korkulara kapılıyordu. Oysa burada güneş hiç batmıyordu, hiç karanlık olmuyor, gece çökmüyordu ama Rüzgâr'ın içindeki huzursuzluk hiç yok olmamıştı sanki...

Karahindiba bulutların üzerinde oturduğu halde huzursuz ve kaygılıydı. Topraksızlık gücünden çalıyordu giderek. Suya doyduğu halde toprağa duyduğu ihtiyaç giderek artıyordu. Buraya geldiğindeki enerjisinden ve canlılığından eser kalmamıştı.

Üstelik çok üşüyordu, hem de çok. Karahindiba'nın cılız bedeni titredikçe kımıldıyordu bulutlar. Rüzgâr, minik dostunun çok da iyi görünmediğinin farkındaydı. Titremeye başlaması iyice endişelendiriyordu onu... Üstelik burada toprak da yoktu. Karahindiba suyla daha ne kadar yaşayabilirdi ki? Bunu düşününce korku sardı içini.

Her zamankinden daha çaresiz hissetti kendini. Onu soğuktan korumak için etrafında bir kalkan oluşturarak esmeye başladı. Minik Karahindiba en yüksek dağın zirvesinde, bulutların arasında baygın düşmüştü soğuktan. Giderek hissizleşmeye başlıyordu bedeni.

Rüzgâr, bu esintilerin Karahindiba'ya iyi gelmediğini anladı sonunda... Bunca güç... Bunca kudret... Bir karahindibayı soğuktan korumaya yetmiyordu işte... İlk kez bu kadar güçsüz düştüğünü fark etti Rüzgâr. Çaresizlik içinde duraksadı...

"Aşk... Ne garip bir his?" diye mırıldandı kendi kendine. Dinginleşti, nefesini tuttu ve Karahindiba'nın başında beklemeye başladı öylece...

O gün hiç ama hiç rüzgâr esmedi koca gezegende... Sırf cılız bir karahindiba üşümesin diye...

Kim bilir
aşk belki de kendi doğandan vazgeçmekti
sırf sevdiğin üşümesin diye...

14. Adım

Karahindiba: Hissizleşmek ne demek Rüzgâr?

Rüzgâr: Esmenin anlamını yitirmesidir Karahindiba...

Bu işte bir tuhaflık vardı. Arzuladıkları sonuca ulaşmışlardı ama ikisi de hasta, yorgun ve mutsuzlardı...

Aslında ikisinin de yola çıkarken arzuladığı hayal bu değildi...

Belki de kurdukları hayal bambaşkaydı...

İyi de doğrusunu nereden bileceklerdi ki? Hayal, hayaldi ne de olsa... Dünün her hayali bugünün gerçeğiydi...

Dağın zirvesinde boylu boyunca yatmaya devam ediyordu Karahindiba. Mutsuzluğunu bile hissedemeyecek kadar donmuştu. Rüzgâr'sa tedirgin, kaygılı ve korku doluydu. Karahindiba dans etmez, şarkı söylemez olmuştu... Çok ama çok uzun zaman olmuştu birbirleriyle şakalaşmayalı... İkisinin de hali kalmamıştı çünkü.

"Geri mi dönsek?" dedi sonunda Rüzgâr. "Seni ovaya geri götürebilirim."

Karahindiba sessizdi...

Bu sessizlik Rüzgâr'ı derinden yaralıyordu.

"Olmaz..." dedi Karahindiba cansız sesiyle. O yolu bir kez daha kat edecek gücü yoktu. Asıl mucize ovaya sağ salim dönmeyi başarması olurdu şu saatten sonra.

Rüzgâr kendi kendine söyleniyordu. Kafası çok karışıktı.

"Ama en yüksek dağ burası, Güneşi Batmayan Ülke de... Neden böyle oldu Karahindiba?"

"Vardığımız yere bakma..." dedi Karahindiba." Yolda ne kazandığımıza bak."

"Bilemiyorum..." diye yakındı Rüzgâr. "Güneşi Batmayan Ülke cansız bir ülke... Kim mutlu olabilir ki burada? Tamam buzul dağının tepesinde bulutlara dokunmak güzel, en yüksek dağdan aşağılara kaymak şahane ama bir şeyler eksik... Ayrıca diğerleri ne yapıyor? Prometheus'u kestiler mi acaba? Çocuk parklarını yıktılar mı? Fabrika ovayı zehirledi mi? Ya her şey yok olduysa biz buradayken?"

Rüzgâr burada mutlu olduğuna ikna etmeye çalmıştı şimdiye dek kendini ama olmuyordu işte. İçindeki sese sağır kalamazdı daha fazla. Başkaları mutsuzken burada mutluymuş gibi yapamazdı.

Bir yolunu bulup Karahindiba'yı ikna etmeliydi. Geri dönmeleri gerekiyordu.

"Seninle bu serüveni yaşamak her şeye değerdi..." dedi. "Ama sen de artık ovadaki Karahindiba değilsin ben de aynı Rüzgâr değilim... Bambaşka biri olarak döneceksin evine. İstesen de aynı minik bulut kafa olarak dönemezsin. Sen upuzun bir yol yürüdün, anlıyor musun?"

"Geri dönmek için mi geldik yani buraya? Onca tehlikeyi bunun için mi göze aldık? Ya onca umut?..." dedi Karahindiba. İnat etme sırası ondaydı bundan sonra.

Fakat bu halde hayatta kalması imkânsızdı. Minik dostunun gözleri önünde can vermesine dayanamazdı. Kurtarmalıydı onu.

"Ah Karahindiba anlamıyorsun..." dedi Rüzgâr yana yakıla. "Hayalimden vazgeçmedim ki ben... Hırslarımın ve tutkularımın peşinden estim şimdiye kadar. Hayal zannettim hepsini... Ben asıl şimdi biliyorum hayalimin ne olduğunu. Asıl şimdi burada ulaştım peşinden koştuğum gerçek düşün ne olduğuna. Evet, güneşi batmayan bir ülke istiyorum ben... Ama bunun için başka kıtalara kaçmayacağım, doğadan uzaklaşmayacağım. Kendi güneşli ülkemi inşa edeceğim. Sen de öyle... Kendi göğünü inşa edeceksin Karahindiba. Başka dağlara kaçmadan, hırsa kapılmadan."

"Nasıl olacak o Rüzgâr?"

Rüzgâr düşünceli ama kararlıydı... "Güneşi özgür bırakacağız Karahindiba! Göğü kurtaracağız gri dumanlardan."

Ne demekti şimdi bütün bunlar?

Karahindiba'nın kafası karışmıştı iyice. Düşünecek hali de kalmamıştı cılız bedeninde. Yaprakları kımıldamaz olmuştu artık.

"Seni bu yolculuğa iten güç neydi hatırlıyor musun?" diye sordu. Sakin ve ciddiydi bu kez. "Buralara bizi sürükleyen neydi Karahindiba?"

"Fabrika."

"Peki ovadaki arkadaşların... Onlar mutlu mudur şimdi sence?"

Gözleri doldu Karahindiba'nın.

Rüzgâr haklıydı. Ovadaki arkadaşları, ormandaki canlılar, parklardaki çocuklar mutlu muydu arkalarında bıraktıkları dünyada?

"Biz fabrikadan kaçtık..." dedi Rüzgâr. "Dostlarımızı ve doğayı fabrikanın karanlığına terk ederek kaçtık. Bencilce kendi mutluluğumuzun peşinden koştuk."

Karahindiba başını buzdan güçlükle kaldırıp baktı Rüzgâr'ın yüzüne. Üstündeki karları temizledi güçlükle.

"Gidelim..." dedi. "Hepsinin bize ihtiyacı var."

Rüzgâr hem şaşkındı hem endişeli... Şu ufacık karahindiba, en cansız haliyle bile kocaman umutlar bulabiliyordu içinde. Tanıdığı en cesur canlıydı o.

Dağın tepesinden baktılar son kez güneşi hiç batmayan göğe... Rüzgâr Karahindiba'sına sıkıca sarıldı, Karahindiba da kırmızı balonuna.

En yüksek dağdan aşağıya son sürat kaydılar, son kez...

Kim bilir
belki de umudunu asla yitirmeyen iki canlı
tüm canlıların hayallerini gerçeğin pençesinden kurtaracaktı...

Karahindiba: Vazgeçmek ne demek Rüzgâr?

Rüzgâr: İyiliğin kazanacağını unutmaktır Karahindiba...

Dönüş yolu sandıklarından çok daha çetindi. İkisi de çok yorgundular artık. Üstelik upuzun bir okyanus kat etmeleri gerekiyordu yine. Yol boyunca neredeyse hiç durup dinlenmemişti Rüzgâr. Dalgaların da desteğiyle yelkenli Lero'yu sürükleyip durmuştu.

Rüzgâr nefes nefeseydi Okyanus'a seslenirken:

"Karaya varmamıza ne kadar var?"

Daha çok fazla yol vardı önlerinde ve Lero parçalanmak üzereydi artık. Belki de yolculuklar bir amacı olduğunda anlam kazanıyordu, güç veriyordu... Giderkenki heyecanları yoktu ikisinin de... Belki de Karahindiba canlı çıkamayacaktı bu yolculuktan... Okyanus onların bu halini görmeye dayanamıyordu...

Bir anda salın gövdesinden bir parça koptu...

"Lero karaya kadar dayanamaz Rüzgâr..." diye fısıldadı Okyanus. "Bir çözüm bulmalısın."

Rüzgâr çok düşünceliydi... Korkudan içi titriyordu. Hem yelkenliyi doldurmaya çalışıyor hem dalgalarla cebelleşiyordu. Öte yandan Karahindiba'yı da tutuyordu düşmesin diye... Artık ne düşünecek ne de çözüm bulacak hali kalmıştı.

Karahindiba son takatiyle açtı gözlerini.

"Ovaya döndüğümüzde en yüksek dağa çıktığımı ve bulutlara değdiğimi anlatacağız herkese değil mi?" diye sordu. "Bana inanmayacaklar biliyorum. Sen onlara anlatırsın değil mi?"

Rüzgâr endişeyle dinliyordu minik dostunu. Onun hayatta kalabileceğinden emin değildi hâlâ.

"Karahindiba... Sen hiç korkmaz mısın?" diye sordu.

"Tabii ki korkuyorum. Hem de çok... Ama korktuğundan daha fazla umut beslersen, korkunun önemi kalmaz."

Ne kadar da masumdu Karahindiba... Ne kadar da basitti cevapları... Bir o kadar da bilgece...

"Senin en büyük korkun ne? Artık karanlıktan korkmadığına göre."

Rüzgâr bir an duraksadı... Karahindiba'ya bakakaldı.

Kısık bir sesle "Seni kaybetmek..." diyebildi güçlükle.

Derin bir sessizlik vardı artık ikisinin arasında... Karahindiba çok duygulanmıştı... Okyanus dikkatlice Lero'yu karaya ulaştırmaya çalışıyordu.

O sırada üzerinde "Lero" yazan tahta parçası da kopup gitti... Acilen bir çözüm bulması lazımdı Rüzgâr'ın, böyle devam edemeyecekleri belliydi artık. Karahindiba ıslanmaya da başlamıştı dalgalardan... Köklerine tuzlu su gelmesi hiç iyi olmazdı.

"Rüzgâr! Rüzgâr!" diye seslendi Karahindiba. "Karşıda dev bir buz parçası var bak. Onunla yolculuğumuza devam edebiliriz."

Rüzgâr heyecanla karşıya baktı. Gerçekten çok mutluydu. Hızla Lero'yu buz kütlesine sürükledi. Hızlı hareket edince daha da kuvvetli çatırdamaya başlamıştı yelkenli. Karahindiba'yı güçlükle buza çıkarmayı başardığında suyun içinde tamamen dağılıp gitmişti Lero...

Karahindiba'yı buzun üzerine çıkarabildiği için rahatlamıştı Rüzgâr. Kendi de bitkin düşmüştü bu mücadeleden. Dinlenmeye ihtiyacı vardı onun da. Karahindiba cansız sesiyle şarkılar mırıldanmaya başlamıştı bile. Okyanus da rahat bir nefes almış, buzulu sürüklüyordu yavaş yavaş...

Rüzgâr daha fazla dayanamayıp uyuyakaldı biraz sonra. Uyandığında Karahindiba'yı kendi kendine konuşuyorken buldu. Hava da kararmıştı.

"Kiminle konuşuyorsun sen bulut kafa?" diye sordu.

"Asteri'lerle, ay dedeyle ve gök babayla konuşuyorum Rüzgâr."

"Peki ne diyorlar bakalım?"

"Dünyadaki en havalı canlı benmişim. Korsan çetesinin lideriymişim."

Rüzgâr kahkahayı patlattı bunun üzerine. Fakat sonra bir şey fark edip durdu.

"Nasıl yani?" dedi. "Bir dakika, bir dakika... En havalı canlı ben değil miymişim bu gezegende?"

Karahindiba göğe dönüp dinliyormuş gibi yaptı hemen. Sonra dönüp "Sana da en mızıkçı canlı ödülünü vereceklermiş..." dedi. "Bak ne güzel ikimizin de ödülü var işte."

Rüzgâr mızıkçı lakabını hiç sevmese de Karahindiba'nın eskisi gibi şakalaşabiliyor olmasından memnundu. Gevezeliğe başladığına göre sağlığı iyiydi. Dayanabilirdi.

"Peki bulut kafa, ödülüm ne olacakmış benim?"

"Gök baba birazdan gösterecekmiş merak etme."

O sırada yıldızlar yer değiştirmeye başladı. Yıldızlardan bir karahindiba şekli belirdi gökyüzünde. Asteri'lerden oluşan bir karahindiba... Bu muydu yani en mızıkçı canlı ödülü?

"Hayatımda aldığım en güzel ödül..." diye geçirdi içinden Rüzgâr. "Bir karahindiba."

Karahindiba deniz kabuğunda kalan topraktan biraz alıp balonuna sürmeye başladı. Rüzgâr ne yaptığını pek anlamadı ama bekledi. Sonra balonun üzerine toprakla "Lero" yazdı.

"Lero parçalansa da umudumuzu kaybetmedik Rüzgâr..." dedi. "Kaybedemeyiz... Fabrika yok olana kadar."

O sırada gökte Asteri'ler yine yer değiştirdi ve bir işaret oluştu. Fabrikanın bulunduğu yönü gösteren bir işaret... Rüzgâr yavaşça babasına döndü ve içinden teşekkür etti ona... Meğer babası da inanıyormuş onun hayaline. Yalnız değilmiş bunca zaman...

Rüzgâr hızla esmeye başladığında "Ey fabrika! Bekle bizi! Gri bulutlarının sonu geldi!" diye bağırıyordu Karahindiba.

Rüzgâr yana döndüğünde bir de ne görsün? Karahindiba yanaklarında kahverengi topraktan izler...

"Neden yüzüne toprak sürdün? Delirdin mi?"

"Hayır Rüzgâr. Yanaklarıma toprak sürdüm ki korsan olduğum anlaşılsın. Fabrika ne kadar da korkacak beni böyle görünce kim bilir."

Rüzgâr "Bir karahindibadan mı?" dedi küçümseyerek...

Karahindiba sinirli bir ifade çizdi yüzüne topraktan ve Rüzgâr'a gösterdi ne kadar korkunç olduğunu. Gerçekten de çok komik görünüyordu. Şüphesiz her canlı böylesine vahşi bir görüntüden korkardı...

Karahindiba aslında Lero yazarken yapraklarına bulaşan toprağı yere silememişti. Buz çok soğuktu. Yapraklarını acıtırdı... Onun yerine yüzüne sürüp yapraklarını temizlemek istemişti. Ama bunu ölse Rüzgâr'a itiraf etmezdi. Sonuçta o korsan çetesinin lideriydi...

Gün ağarmaya başladığı halde Rüzgâr hâlâ var gücüyle buz kütlesini itmeye çalışıyordu. Yol bitmek bilmemiş, sanki dönüş çok daha uzamıştı ikisi için de...

"Bekle bizi fabrika...
Gök bizden yana
toprak bizden yana
şiir bizden yana
aşk bizden yana
iyi insanlar bizde yana
karanlıktan korkan çocuklara anlatacak bir masalımız var."

Kim bilir
belki de herkesin kalbinde
bir karahindibanın umuduna
bir rüzgârın şefkatine yer vardı...

Karahindiba: Yalnızlık ne demek Rüzgâr?
Rüzgâr: Hayallerini kimsenin duymamasıdır Karahindiba...

Okyanusun ortasında sürüklenerek yavaş yavaş giden bir buz parçasının üzerinde yol alıyorlardı. Üstelik kara çok uzaktaydı hâlâ ve buz da giderek eriyordu artık. Rüzgâr Okyanus'a fısıldayarak sordu:

"Daha ne kadar yolumuz var? Buz hızla eriyor. Bir an evvel toprak parçası bulmak zorundayız."

Okyanus ne yazık ki umutsuzdu.

"Kara hâlâ çok uzakta..." dedi. "Yol üzerinde durup dinlenebileceğiniz bir yer görünmüyor."

Rüzgâr bir süre sessizce düşünmeye başladı... Bunca yol, bunca macera... Bütün bunlar şu anda sona ermemeliydi... Sonuçta onlar fabrikayla savaşmaya gidiyorlardı... Kendi canları için bile değil, tüm yaşam içindi bu mücadele.

O sırada umutları tükenmekteydi. Dostunun yanına usulca sokulup "Şimdi beni iyi dinle bulut kafa..." dedi Rüzgâr. "Seninle bir oyun oynayacağız tamam mı? Lero'yu özgür bırakma oyunu."

"Ama Rüzgâr!" diye çıkıştı Karahindiba. Hiç de güzel bir oyun değildi sanki bu. "Lero benim arkadaşım... O bizim umudumuz... Korsan çetemizin bir parçası... O da giderse nasıl baş ederiz bu serüvenle?"

"Karahindiba... Belki bu son oyunumuz olabilir. Benim için bu oyunu oyna lütfen."

Karahindiba ağlamamak için zor tutuyordu kendini. Rüzgâr'ı kıramazdı... Yavaşça yaprağından çıkardı kırmızı balonunu, son bir kez sarıldı ona... Rüzgâr'a baktı yine ağlamaklı gözlerle, özgür bıraktı kırmızı balonu.

Gün doğumunda kıpkırmızı bir balon göğün ortasında yapayalnız uçuyordu şimdi.

O sırada uzaktan geçen fleet cins bir planör de gökte süzülüyordu.

İkisi için beklemek dışında yapılacak hiçbir şey yoktu artık.

Buraya kadardı.

Uzun zaman öylece beklediler sessizlik içinde... Hangi canlı koşup gelebilirdi zaten? Koskoca bir okyanusun orta yerinde duruyorlardı öylece...

Güneş batmaya başlamıştı. Artık buz kütlesi ancak Karahindiba'ya yetecek kadar ufalmıştı... Rüzgâr'a yer yoktu.

Rüzgâr ve Karahindiba son bir kez birbirlerine baktılar. İkisi de biliyordu biraz sonra neler olacağını.

"Sen benim bu gezegende gördüğüm en havalı bitkisin..." dedi Rüzgâr.

Karahindiba çok üzgündü.

"Ovaya döndüğünde Karahindiba hepinizi çok seviyordu der misin?"

Karahindiba'dan ayrılmak istemiyordu Rüzgâr. Hüngür hüngür ağlayacaktı şimdi. Fırtınalar kopacaktı okyanusta... Sağanak başlayacaktı, zor tutuyordu kendini.

Ah...

Yağmur yağmaya başlamıştı işe.

"Asla vazgeçme Rüzgâr..." dedi minik Karahindiba. "Sen bu gezegende tanıdığım en sevgi dolu canlısın... Lütfen iyi olmaktan vazgeçme."

Rüzgâr tek kelime etmiyor, ağlıyordu sadece... Okyanus kadar büyük bir çaresizlikti bu...

"Seni... Seni çok seviyorum Karahindiba."

"Ben de seni hep seveceğim... Okyanusun dibinde olsam bile."

Minik Karahindiba'nın bir kökü tuzlu suya değmişti artık. Buz iyice küçülmüştü. Rüzgâr bir hışımla Karahindiba'yı kaldırıp uçurdu, süratle esmeye başladı... Artık balonu da olmayan Karahindiba, uzun süre Rüzgâr'la birlikte esebilecek doğaya sahip değildi... Okyanus da biliyordu bunu...

"Rüzgâr lütfen kendini de onu da yıpratma..." diye seslendi Okyanus. "Vazgeç! Onu kıyıya kadar uçuramazsın... Buna dayanamaz."

Olmaz!

Yapamazdı bunu... Öylece suyun içine bırakamazdı küçük dostunu.

O estikçe Karahindiba aşağıya kayıyordu... Hemen aşağıdan yukarı esiyordu o zaman. Biraz daha yükseliyordu Karahindiba ama sonra yine düşüyordu.

Soluğu kesilmişti artık Rüzgâr'ın. Dayanacak gücü kalmamıştı.

Artık yapamayacağını anladı. Çaresizlik içinde çırpınsa da olmayacaktı, yetmeyecekti gücü... Kara hâlâ çok uzaktı.

Karahindiba'ya son kez baktı.

Yağmur şiddetlendi bu kez.

Bu hikâye burada mı bitecekti?

Rüzgâr en sevdiği canlıyla mı sınanacaktı?

"Arkana bak Rüzgâr..." dedi Karahindiba kökleri suyun içinde. "Bir alev topu geliyor."

Rüzgâr arkasını döndüğünde önce anlamadı gördüğü şeyin ne olduğunu. Hiç böyle bir şey görmemişti daha önce...

Fakat sonra anladı ki bu alevler saçarak yaklaşan Simurg'dan başkası değildi.

Simurg!

Karahindiba'yı son bir hamleyle havaya fırlattığı an bir miktar suyu da havalandırdı Rüzgâr. Simurg kıvrak bir hareketle önce suyun altından geçti, sonra Karahindiba'yı aldı sırtına. Su bedenine değer değmez sönmüştü ateşi... Karahindiba güvenle devam edebilirdi artık yoluna.

Rüzgâr'ın hayatındaki en mutlu andı. Karahindiba'sı kurtulmuştu.

Belki de sandığı kadar yalnız değildi.

Simurg nasıl olmuştu da hiçliğin ortasında bulabilmişti onları?

"Sen Okyanus'a dememiş miydin, eğer kırmızı balonu tek başına görürsen, başaramamışızdır diye... Bütün hayvanlar, bitkiler, çocuklar ve iyi insanlar her gün Okyanus'un aracılığıyla sizin masalınızı dinliyoruz..." dedi Simurg. "Okyanus buzdağınızın küçüldüğü haberini duyurdu bize... Sizi yalnız bırakamadığı için bir süre haber alamadık ondan... Sonra bir pilot fark etmiş kırmızı balonu. Telsizle balondan bahsetti çocuklarına... Onlar da bütün canlılara haber uçurdu... Kırmızı balonun haberini alır almaz fırladım mağaradan. Benim masalım suçluluk içinde, tek başına bir mağarada son buldu. Benim masalımda fabrika kazanmıştı... Ama sizin masalınız böyle bitemez... Fabrika bu sefer kazanamaz."

Rüzgâr öyle duygulanmıştı ki yağmur çiselemeye başlamıştı yine. Simurg'a döndü ve "Belki senin masalın da henüz bitmemiştir..." dedi.

Karahindiba, havalarda güven içinde süzülüyor olmaktan nasıl da mutluydu.

"Hiç bu kadar hızlı uçmamıştım..." diyordu sevinçle. "Bir karahindiba olduğum için benim de uçmayı iyi öğrenmem lazım. Sen bir takla atsan da görsem nasıl olduğunu?"

Simurg inanamıyordu Karahindiba'nın sözlerine. Bir bitki uçmayı nasıl hayal edebilirdi ki? Çok saçma. O bir karahindibaydı sonuçta.

"O karahindibaların en inatçısı..." dedi Rüzgâr. "İlle uçmayı öğrenmesi lazım."

"O zaman sıkı tutun..." dedi Simurg. "Uçuş başlıyor!"

Simurg hızla göğe yükseldiğinde tepesindeki tüylerin hepsi havalandı Karahindiba'nın. Heyecandan kocaman açıldı gözleri.

"Vuuuv!"

Simurg minik bitkinin hayalindeki taklayı tamamlarken çığlıklar yankılanıyordu havada. Karahindiba kendinden geçmiş gibi bağırıyordu heyecandan.

Simurg Rüzgâr'ın yanına geldiğinde başı dönüyordu Karahindiba'nın.

"Ne oldu, biraz korktun galiba bulut kafa?" dedi Rüzgâr, tepesindeki tüyleri düzeltmeye çalışan minik dostuna.

"Hiç de korkmadım!" dedi Karahindiba kibirlenerek. "Ben çığlık atarak Simurg'a yardım ediyordum aslında. Ona iyice sarıldım ki düşmesin. Efsane bir takla attık birlikte. Gördün mü?"

"Simurg'la sen birlikte yaptınız yani?" dedi Rüzgâr alaycı bir ifadeyle.

Karahindiba Simurg'a dönüp, "Söylesene şuna, ben sana yardım etmedim mi?" dedi.

"Evet..." diye karşılık verdi Simurg gülümseyerek.

"Karahindiba'nın yardımı olmadan yapamazdım."

"Gördün mü?" dedi Karahindiba havasından geçilmez bir şımarıklıkla. "Hem sen uçmaktan ne anlarsın?"

Rüzgâr önce şaşırdı ama sonra, "Haklısın..." dedi. "Ben rüzgârım. Uçmaktan ne anlarım ki?"

Üçü de gülüşüyorlardı. Gökyüzündeki Asteri'ler bir alev topunun, Rüzgâr'ın ve Karahindiba'nın hikâyesine tanık oluyorlardı. Aşağısı sonsuz bir okyanus...

Kim bilir
belki de bir karahindiba gerçekten Simurg'a yardım etmişti
bu kadar narin bir bitkinin alevden bir kuşa yardım ettiği gibi
tüm canlılar birbirine yardım edebilirdi...

15. Adım

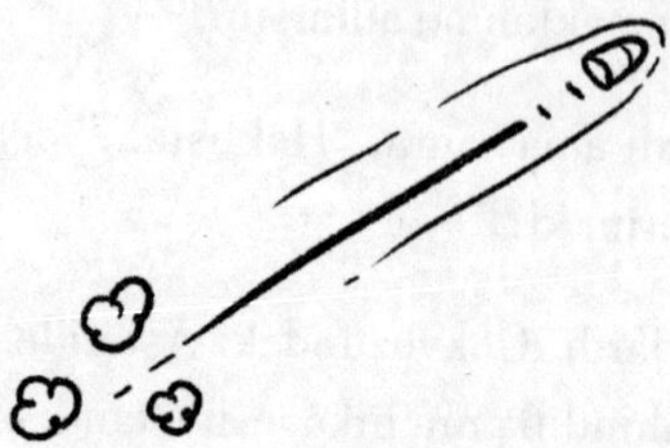

Karahindiba: Silahlar hayalleri de vurabilir mi Rüzgâr?
Rüzgâr: Hayır ama hayal kuran gönülleri vurabilir Karahindiba...

Artık kara görünmüştü... Simurg son kez Okyanus'a doğru alçaldı... "Teşekkürler Okyanus..." diye seslendi Karahindiba. "Biz fabrikayı durdurmaya gidiyoruz."

Okyanus Karahindiba'ya gülümsedi, gözü Rüzgâr'daydı ama...

Fabrikayı durdurmaya mı gidiyorlardı sahiden? Kocaman betondan bir yapıydı fabrika... Kimin gücü yetebilmişti ki onu durdurmaya?

"Fabrikanın iskeleti çelikten..." dedi Okyanus. "Yıkamazsın Rüzgâr. Bu savaşı nasıl kazanmayı düşünüyorsun?"

Rüzgâr düşünceliydi... Bilmiyordu... Bu sorunun cevabı yoktu onda. Ama belki fırtınaya dönüşebilir, fabrikayı yerle bir edebilirdi... Kuşkusuz ki içinde biriken öfke karşısında hiçbir şey ayakta kalamazdı...

"Gerekirse fırtınaya dönüşürüm..." dedi. Simurg da, Okyanus da şaşkındı... Rüzgâr'ın en korktuğu şey fırtınaya dönüşmekti... Nefret ederdi o halinden... Hem fırtınaya dönüşmesi Karahindiba'nın ölümü olurdu. Rüzgâr bunu unutmuştu galiba. Ovadaki bütün canlılar ölür, ağaçlar devrilirdi. Kelebekler, kuşlar dayanamazdı. Ama fabrika yok olurdu tabii...

Okyanus'la vedalaşıp devam ettiler yola. Havadan fabrikaya doğru ilerliyorlardı. "Ben de sana yardım edeceğim Rüzgâr..." dedi Simurg. "Fırtınaya dönüşmek zorunda değilsin."

Karahindiba lafa girdi hemen. "Ben de sana yardım edeceğim Rüzgâr! Merak etme."

Rüzgâr da Simurg da gülmeye başladılar ama Karahindiba gayet ciddiydi bunu söylerken.

O sırada tüm canlıları huzursuz edecek kadar şiddetli bir patlama sesi duyuldu...

Bam!

Simurg düşmeye başlamıştı.

Karahindiba ne olduğunu anlamamıştı ama Rüzgâr büyük bir endişeyle Simurg'un düşüşünü hafifletmek için var gücüyle esmeye başladı. Zor da olsa onları yere indirmeyi başardı. Karahindiba'yı Simurg'un sırtından uçurup yere indirdi. Simurg acılar içinde inliyordu... Kanadından vurulmuştu bir kurşunla.

Karahindiba görünce ağlamaya başladı.

"Üzgünüm Rüzgâr..." dedi Simurg, güçlükle. "Artık devam edemeyeceğim."

Rüzgâr bunun nasıl olduğunu anlamamıştı. Kabullenmek istemiyordu bütün bunları. Öfkeyle etrafı taradı hemen. Simurg'a zarar verenlerin canına okuyacaktı.

Ormanda üç kişilik bir avcı grubu fark etti sonra. Bir hışımla esti aşağıya. Rüzgâr'ın tedirgin edici uğultusu dolanıyordu havada.

Toz dumandan göz gözü görmüyordu artık... Dallar kırılıyor, taşlar yerinden oynuyor, avcılar ne yapacağını şaşırmış bağırıyorlardı.

Rüzgâr üzerlerine esip duruyordu kuvvetle, çok ama çok öfkeliydi. Avcılar sağa sola çarpmaktan bayılmışlardı sonunda.

"İnsanlar ne kadar cani!" diye düşündü yerde baygın yatan adamlara bakarken. Ormana verdiği zararı fark edince kötü hissetti kendini. Ağaçlar, hayvanlar, bitkiler oradan oraya savrulmuşlardı. Yarattığı yıkımın manzarasını izledi bir süre...

Bu onun yolu muydu gerçekten?

Düşünceler içinde geri döndü Simurg'la Karahindiba'nın yanına.

Simurg yerde yatıyordu hâlâ.

"Hadi Rüzgâr..." dedi. "Karahindiba'yı al ve yoluna devam et... Tüm canlıların size ihtiyacı var."

"Ama bu senin başına nasıl gelir anlamıyorum..." diye yakındı Rüzgâr. "Neden seni vurmak istesinler ki? Hem seni burada bırakamam. Hayır, yapamam bunu."

"Eğer fabrikayı durduramazsan benim hikâyem bir kez daha hüsranla bitmiş olacak Rüzgâr. Lütfen, bu sefer iyilik kazansın."

Ne olursa olsun Simurg'u yalnız bırakmak istemiyordu Rüzgâr. Fakat fabrikayı da durdurmak gerekiyordu artık.

Karahindiba'ya bakıp "Hazırlan..." dedi. "Biraz sert eseceğim. Fabrikayla savaşmaya gidiyoruz."

Simurg son gücüyle baktı ikisine de. "Ağaçların dalları acımasın diye esmekten vazgeçen bir rüzgârı bu dünya tabii ki incitir..." dedi Rüzgâr'a. "Lütfen yaralarının peşinden gitme, başka bir yol seç... Tarih boyunca hiçbir insanın seçemediği bir yol... İncinen insanların akan kanlarını diğerine bulaştırmasıyla sürdü bu gezegendeki hikâyeler... Ama bu sefer sen incinsen de incitme. Başka bir masal olsun Rüzgâr'la Karahindiba'nınki, olur mu?"

Rüzgâr başını eğip söz verdi.

Simurg'a veda ettikten sonra Rüzgâr'ın hızıyla havalandı Karahindiba da. Ağaçların arasından, ormanların içinden, kayalıkların üzerinden eserek uçtular birlikte.

Hava gri bir dumanla kaplanmıştı yine... Rüzgâr'ın tek bir hedefi vardı artık.

Fabrika!

Karahindiba'ya zarar vermemeye çalışarak ormanın içinden geçtikleri sırada görünürde hiçbir canlı yoktu. Bu işte bir gariplik vardı. Ağaçlar, bitkiler bile azalmıştı sanki. Yaşam ormanı terk etmişti adeta. Belli ki fabrikanın kustuğu ölümün en acı görüntüsünü izliyorlardı.

Kim bilir

belki de öfke ile kazanılmış bir barış
kalbindeki savaşa son veremezdi...

16. Adım

Karahindiba: Dünya ne zaman daha iyi bir yer olacak Rüzgâr?

Rüzgâr: Yetişkinler bir masala inandığında Karahindiba...

Karahindiba ve Rüzgâr artık fabrikaya yaklaşmışlardı. Zehirli bulutlar yüzünden etraflarını görmeleri mümkün değildi... Gri dumanların arasındaki fabrika kapkara, kocaman, karanlık bir siluet olarak görünüyordu sadece. Kapkara, soğuk ve cansız...

Rüzgâr da Karahindiba da nefes almakta zorlanıyorlardı.

Karahindiba öksürmeye başlamıştı köh köh... Onun bu halini görmek Rüzgâr'ı daha da öfkelendirmişti.

Bu fabrikayı yok etmeliydiler.

Rüzgâr hınçla fabrikaya saldırmaya hazırlanıyordu ki Karahindiba durdurdu onu.

"Senin yolun yıkıp yok etmek değil..." dedi. "Kalbinin ne söylediğini duy lütfen olur mu?"

Rüzgâr sessizleşti bir an... Haklıydı ama fabrikayı yok etmenin başka bir yolu var mıydı ki?

Çaresiz hissediyordu Rüzgâr. Ama sahiden de kimseye zarar vermek istemezdi, ne kadar kızgın ve kırgın olsa bile...

Fabrikanın önüne gelip durduklarında ikisinin de soluğu kesilmişti. Ne kadar büyük bir yapıydı bu böyle? Zehir kusan bacalarıyla dev Prometheus'tan bile büyüktü...

Bu dev kara canavarın karşısında ufacık bir karahindibayla çocuk ruhlu bir rüzgârın ne etkisi olabilirdi ki? Okyanus haklıydı belki de... "Yapamazsın Rüzgâr..." demişti. "Yapamazsın!

Rüzgâr da öksürüyordu artık. Zehirli dumanlar iyice sarmıştı her yanı. Ne eserek ne de başka bir yol seçerek fabrikayı durdurabilirlerdi.

"Buraya kadar geldik!" diye çıkıştı Karahindiba köh köh... "Bir nedeni olmalı!"

Rüzgâr düşünceliydi.

"Koca orman yok olmuş Karahindiba... Ağaçlar köklerinden sökülmüş. Renkli kuşlar, hayvanlar, bitkiler, hiçbiri yok anlıyor musun? Çocuk parkları bile susmuş biz yokken. Fabrika hepsinin canını almış. Bu vahşete bir son vermediğimiz sürece yaşamın ne anlamı var?"

Karahindiba'nın gözleri yanıyordu artık. Bir yolu olmalıydı ama ne? Az ilerideki güvenlik kulübesini fark etti sonra. Oraya doğru yürüdü ve güvenlik görevlisini görünce seslendi:

"Hey insan, lütfen fabrikayı kapatır mısın? Ben ve ovadaki arkadaşlarıma hiç iyi gelmiyor."

Güvenlik görevlisi Karahindiba'yı duymuyordu ki!

Köklerinin üzerinde dimdik duran Karahindiba adamın dikkatini çekmeyi başarmıştı ama...

"Hey insan!" diye bağırmaya devam ediyordu minik Karahindiba. "Bu fabrikayı kapat! Yoksa burayı Rüzgâr paramparça edecek. Bak seni uyarıyorum!"

Güvenlik görevlisi Karahindiba'ya yaklaşmış, dans eder gibi görünen bu bitkiye yakından bakmaya çalışıyordu.

Sonra birden içeri koştu. Patronuna haber vermeliydi. Çok geçmeden patronu, yanında küçük bir kız çocuğuyla çıktı dışarı. Belli ki babasını ziyarete gelmiş fabrikaya.

Kız koşarak Karahindiba'nın yanına geldi. Karahindiba bağırmayı bırakmış şaşkınlıkla kıza bakıyordu.

"Merhaba küçük insan" dedi.

"Merhaba Karahindiba."

Çocukların onu işitebiliyor olması ne güzeldi.

"Babana söyler misin lütfen fabrikayı durdursun..." diye devam etti Karahindiba. "Buradaki tüm canlılar acı çekiyor bu fabrikanın akıttığı zehir yüzünden."

Küçük kız meseleyi anlamıştı hemen. Durum acildi. Koşarak babasının yanına gidip Karahindiba'nın ricasını iletti.

Adam kocaman purosunu yakarken kızının anlattıklarına gülmeye başladı.

Minicik bir karahindibanın isteğiyle kocaman fabrika kapanacak değildi ya!

Güvenlik görevlisine işinin başına dönmesini emredip kızının bileğini sıkıca yakalayıp sürükleyerek içeri götürdü.

Fabrikanın demirden kapısı büyük bir gürültüyle kapandı.

Karahindiba çok öfkelenmişti. Rüzgâr ise umutsuz... Tek bir yol vardı artık Rüzgâr için...

Hüzünlü gözlerle Karahindiba'ya baktı. Fırtınaya dönüşmek istemezdi ama başka çaresi kalmamıştı artık. Anlayamadığı bir şey vardı... "Bu koca fabrika adım adım ölüm saçarken neden ovadaki çiçekler, kuşlar, hayvanlar fabrikayla savaşmadı? Hepsi neden başka birilerinin kahraman olmasını bekledi? Neden koskoca fabrikaya karşı biz yalnız savaşmak zorundayız?"

"Hani artık yalnız değildik Rüzgâr?" diye sordu Karahindiba biraz buruk, biraz hüzünlü...

"Ben de öyle sanıyordum Karahindiba."

Kim bilir

belki de kahramanların kaderiydi yalnız bırakılmak

kalpleri iyilikle dolu olunca...

Karahindiba: Rüzgâr, kader ne demek?

Rüzgâr: Yazarının da okurunun da sen olduğu bir masal Karahindiba...

Bir süre fabrikayı izleyip durdular. O sırada dumanların arasından bir öksürük sesi yükseldi. İkisi de o yöne döndüler.

Karaltının içinden gelenin Hora Usta olduğunu fark ettiler sonra.

"Hora Usta!"

Öksürmekten konuşamıyordu yaşlı adam. Köh köh sallandı biraz.

"Rüzgâr..." dedi zorlukla. "Seni ve Karahindiba'yı yalnız bırakacak değildim."

Karahindiba çok mutlu olmuştu ama Rüzgâr'ın heyecanı kısa sürdü.

"Bir ufak karahindiba, sen ve ben... Hepimiz bu kadarız işte. Fırtınaya dönüşsem bile bu fabrikayı yenebileceğimizden emin değilim aslında."

Hora Usta Rüzgâr'ın yanına gelip "Kaçtığın karanlık gerçekten gece miymiş?" diye sordu. "Gerçek karanlığınla yüzleşme zamanın gelmedi mi hâlâ?"

"İyi de nasıl yapacağım Hora Usta? Simurg'u vurdular. Ateş kusan silahlarıyla koca Simurg'u. Neden bu kadar kötüler, neden?"

Hora Usta yine her zamanki tatlılığıyla karşılık verdi:

"Onlar Simurg'a zarar verdiğinde sen ne yaptın?"

"Çok öfkelendim. Hemen fırtınaya dönüştüm ve onları ağaçların gövdelerine vurdum. Ne ağaçları ne diğer canlıları gördü gözüm..."

"Peki bu sana nasıl hissettirdi? Doğayı yıkmak, parçalamak mı senin görevin yoksa canlıları korumak mı?"

Rüzgâr da çok düşünmüştü bu sorunun cevabını ama yüksek sesle kendine bile itiraf edememişti. Belki de hâlâ emin değildi, özünde ne olduğundan ya da kim olduğundan.

"Kötülük birinin canını yaktığında iki seçeneğin vardır..." diye devam etti Hora Usta. "Ya sen de yara açarsın ya da yaraları sarmaya başlarsın. Sen de can yakmayı seçersen bu zincirleme bir döngü başlatmaz mı?"

Rüzgâr bir çıkmazdaydı ama Hora Usta haklıydı... Savaşarak barışı inşa edemezlerdi.

"Bir seçim yapmak zorundasın..." dedi Hora Usta. "Ya sen de fırtına olacaksın, benliğini yitireceksin. Böylece vahşetin bir parçasına dönüşeceksin ya da rüzgâr olarak kalacaksın... Bu gezegenin kaderi acı içindeki canlıların seçimine bağlı."

Rüzgâr Karahindiba'ya baktı düşünceli. Onu sevmek yerine zarar verecek bir şey yapmış olsaydı neleri yitirirdi acaba yaşamında?

Rüzgâr kararını vermişti artık.

"Tamam Hora Usta..." dedi. "Fakat bu fabrikayı kendim gibi kalarak nasıl durdurabilirim? Sen, ben ve Karahindiba... Sence başarabilir miyiz?"

Hora Usta'nın yanında kocaman bir ağaç belirmişti.

Yavaş hareket ettiği için anlamadılar kim olduğunu dumanların arasında. Dallarının birinde küçük bir mızıka asılıydı.

Karahindiba görür görmez heyecanla ona doğru koşmaya başladı.

"Prometheus! Sen de mi geldin?"

Minicik yapraklarıyla sıkı sıkı sarıldı yaşlı meşeye...

Prometheus dallarıyla incitmeden karşılık verdi Karahindiba'ya.

"Bak Karahindiba..." dedi. "Bu dev Prometheus'a yürümeyi sen öğrettin. Ben senin gibi dans edemiyorum köklerimin üzerinde ama çok iyi mızıka çalıyorum."

Karahindiba çok mutluydu bu iki dostuyla yeniden karşılaştığı için.

Prometheus Rüzgâr'a bakıp "Doğanın dâhi çocuğu..." dedi. "Ben senin ufaklığını bilirim. Sen fırtına değilsin."

Fabrikadan yayılan dumanlar seyrelmeye başlamıştı sanki. Birbirlerini daha net görebiliyorlardı artık. Öksürmüyorlardı da.

Derken fabrikanın alarmı çalmaya başladı.

Zaman!

Zaman da gelmişti işte, buradaydı!

Rüzgâr kalan dumanı dağıttı hemen eserek. Dumanlar dağıldıkça başka canlılar da çıkmaya başladı ortaya.

Ormandaki herkes gelmişti. Hepsi ama hepsi buradaydı. Yanlarındaydı.

Ölmemişler!

Yaşıyorlar!

Fabrikayı durdurmak için kalkıp gelmişti koca orman. Rüzgâr'la Karahindiba'yı yalnız bırakmak istememişlerdi.

Rüzgâr çok duygulanmıştı. Toprak ana, gök baba, hayvanlar, ağaçlar ve bitkiler. Hepsi buradaydı. Tüm ailesi, tüm sevdikleri...

Alarm çalmaya devam ederken çalışanlar dışarıya çıkmaya başlamışlardı. Zaman canlıların akmasına izin verirken sadece fabrika canavarını yavaşlatmıştı. Belki de gezegen tarihinin en büyük karşılaşmasıydı bu. Ovanın ortasında yüzlerce yetişkin insan, arkalarında dev bir fabrika...

Karşılarında ise bir minik karahindiba ve rüzgâr...

Yanlarında bütün doğa...

Çok etkileyici bir andı bu. Sonsuza dek sürecek bir an...

Gri bulutlar dağılmaya devam ederken güneş tüm parlaklığıyla göstermişti kendini.

Yoksa o da mı Rüzgâr'la Karahindiba'nın yanındaydı?

Etraf iyice aydınlanıp berraklaşınca ovadan yükselen alevi fark ettiler.

Simurg!

Simurg da yaşıyordu!

Yanında bir sürü çocuk... Bisikletli çocuklar...

Simurg'u bisikletlerle taşımışlardı buraya kadar.

Sonra Zeze de çıktı ortaya. Rüdiger, Küçük Prens ve Momo da...

"Bu masalda seni yalnız bırakacağımızı nasıl düşünürsün?" dedi Zeze... Tepeden aşağıya inmekte olan yüzlerce çocuk vardı.

Doğanın ordusuydu onlar.

Ordu olmak için silahlara ihtiyaçları yoktu. Bir amaç silahları yenebilirdi çünkü...

Fabrikadan çıkan insanlar savaşa hazırlanıyorlardı adeta. Ellerinde uzun çubuklar, alev kusan meşaleler taşıyorlardı.

Bisikletli çocuklar Rüzgâr'ın yanına gelip tüm canlılara işaret ettiler... Elden ele bir şeyler dağıtılıyordu.

Karahindiba heyecanla haykırdı.

"Ayna! Aynalar da bize yardıma gelmiş!"

Hayvanlar aynaları tutuyorlardı. Her aynanın yanında da bir çocuk vardı...

Sadece bir ayna boş kalmıştı. Patronun kızı babasının elini bırakıp yürümeye başladı. Zeze'nin yanında durup gülümsedi ona. Son aynanın yanındaki yerini aldı böylece.

Fabrika sahibinin purosu düşmüştü yere. Kızını geri dönmesi için çağırıyordu ama nafile...

Güneş, Rüzgâr'a ışıldayıp "Ben hep senin yanındaydım" dedi. "Seni hiç bırakmadım."

Gözleri kör edecek kadar güçlü bir ışık aynaların üzerine düştü o an. Fabrika çalışanlarının gözleri kamaştı. Ellerindeki silahları, sopaları, meşaleleri düşürdüler yere.

Zaman, aynaların üzerine hareketlendi...

Fabrika çalışanları büyülenmiş gibi bakıyorlardı aynalara. Her biri kendi çocukluğunu görüyordu aynada... Saf, masum, iyi hallerini... Hepsinin gözleri dolmuştu... Fabrika sahibinin de...

Karahindiba Rüzgâr'ın yanına gelip yaprağını uzattı ona. Rüzgâr da sevgiyle sarmaladı onun bir parçasını...

Bunu gören yetişkinlerin aynadaki çocuklukları yanındaki diğer çocukların ellerini tuttular birer birer.

Bir gezegenin şahit olduğu en güzel anı yaşıyorlardı belki de.

Bütün doğa ve çocuklar el ele tutuşmuş, fabrikaya meydan okuyorlardı...

Yetişkinlerden biri kalabalıktan ayrılıp çocukların yanına geçti. Sonra birkaç tanesi daha... Sonra birkaç tanesi daha...

Ve sonra hepsi...

Sadece fabrika sahibi kalmıştı karşı tarafta. Kızı babasına yaklaşıp tuttu elinden ve yavaşça fısıldadı kulağına:

“Hadi baba.”

Karahindiba da uzaktan “Hadi bayım...”diye seslendi. Adam donakalmıştı. Bir karahindibanın konuştuğunu duymuştu.

İyi ama bu nasıl olabilirdi ki?

Bitkiler konuşamazdı.

Elini tutan küçük kızına baktı ve son kez fabrikaya yürüdüler birlikte... Büyük bir gürültüyle kapandı fabrika.

Zaman fabrikayı özgür bıraktığında artık duman kusmuyordu dev bacaları.

Güneş artık özgür kalmıştı.

Kim bilir

belki de her canlının içerisinde

özgür kalmayı bekleyen bir güneşi vardı...

17. Adım

Karahindiba: Rüzgâr, mutluluk ne demek?

Rüzgâr sessizce Karahindiba'sına baktı ve sadece durdu.

Masmavi bir gezegende baharın gelişi tüm coşkusuyla kutlanıyordu. Bütün canlılar uyum içinde mutlu yaşıyorlardı. Her geçen gün daha fazla yetişkin; bitkileri, ağaçları ve hayvanları işitmeye başlamıştı.

Karahindiba şüphesiz ki hâlâ çok havalıydı.

Bazı akşamlar herkesi etrafına topluyor, masallar anlatıyordu. Artık masal anlatımında gerçek bir ustaydı.

Bir kayanın üzerine çıkıyor, buz kütlesinin üzerinde olduğunu anlatıyordu. Hatta bir korsan bandı bile kullanıyor, masalına heyecan katıyordu.

Bazen dinleyicilerden birini alıp onu Prometheus'un yerine koyarak anlatıyordu masalını. Şahane bir tiyatrosu vardı artık.

Rüzgâr her seferinde büyük bir keyif alıyordu aynı masalı Karahindiba'dan dinlerken. Hele uçtuğu sahneleri anlatırken bir zıplayışı vardı Karahindiba'nın, görmeye değerdi.

Ama en çok da aralarında nasıl şakalaştıklarını anlattığı yerleri seviyordu.

Mızıkçı Rüzgâr ve mızıkacı Karahindiba şarkısı bile vardı. Sesi pek olmasa da sahnesi çok iyiydi Karahindiba'nın.

Fabrika, Karahindiba'nın isteğiyle bir lunaparka dönüştürülmüştü... İçerideki tüm trenler, oyuncaklar karahindiba ve rüzgâr temalıydı... Hora Usta, Simurg, Sisu, Wu Wei... Herkes vardı. En korkunç tren ise Simurg'un da olduğu karahindiba atlayışıydı... Bu atlayışı sadece en maceracı çocuklar yapabiliyordu. "Korsanlar Çetesi" üyelik rozeti veriliyordu cesaret gösterenlere...

Kendi masalları vardı artık onların.

Gözyaşlarının sona erdiği, masumiyetin kazandığı bir masal...

Kim bilir

belki de bir masaldaki masumiyet

hakikatin kalbine saplanan vahşeti yenebilirdi...

Karahindiba: Rüzgâr, ölümsüz olmak ne demek?

Rüzgâr: Masalının hiç unutulmaması demektir Karahindiba...

Karahindiba ve Rüzgâr uçsuz bucaksız bir yeşilliğin ortasında yürüyüşe çıkmışlardı. İkisi de çok mutluydu... Karahindiba'nın çenesi düşmüştü yine ama şikâyetçi değildi Rüzgâr.

Baharla birlikte bambaşka bir heyecan doğmuştu Karahindiba'nın içine... Uçması lazımdı artık...

Dağılarak...

Önce havaya uçmalıydı, sonra toprağın kalbine gömülmeliydi.

Rüzgâr farkındaydı her şeyin ama kabullenmek istemiyordu...

Karahindiba ise aklına koymuştu bir kere. Yapacaktı. Bu onun doğasıydı çünkü...

"Hadi..." dedi. "Hadi Rüzgâr!"

"Hayır Karahindiba. Bunu benden isteme lütfen."

Karahindiba köklerini sıkıca toprağa sapladı ve bir kez daha tekrarladı:

"Hadi Rüzgâr!"

Rüzgâr ağlamaya başlamıştı.

"Olmaz Karahindiba... Bunu isteme benden, yapamam."

"Ben bir karahindibayım unuttun mu? Artık uçmam gerekiyor."

Rüzgâr ise sessizdi. Sadece sessiz ve üzgün.

“Bak Rüzgâr, ben uçup dağıldığımda bir sürü karahindiba filizlenecek toprakta. Düşünsene her yerde ben olacağım.”

Rüzgâr, hareket bile etmiyordu artık.

“Seni seviyorum Rüzgâr.”

“Ben de seni Karahindiba.”

“O zaman beni özgürleştirmelisin artık. Bu şekilde kuruyup ölürüm yoksa. O zaman hiç karahindiba olmaz hayatında.”

Rüzgâr son kez sıkıca sarıldı Karahindiba’sına... Hatta öyle sıkı sarıldı ki...

Puf!

Karahindiba’nın tüyleri dağıldı yeryüzüne...

Rüzgâr ise ağlıyordu.

Bir karahindiba yağmuru yağıyordu toprağa... Eşsiz bir güzellikti bu. Sonunda dediğini yapmıştı. Uçuşuyordu Karahindiba...

Aylar sonra çocuk parkında eserken korsan bandı takmış bir yetişkinin çocuklara masal anlattığını fark edip yanlarına gitti. Yetişkinin bir elinde mızıka vardı, diğer elinde bir kitap... Yavaşça yaklaştı kitaba... Kapağındaki yazıyı okudu:

Rüzgâr ile Karahindiba.

"*Rüzgâr ile Karahindiba...*" diye tekrarladı içinden. "Hiç de fena bir kitap ismi değil... Çok havalı."

Rüzgâr'ın yanındaki küçük karahindiba "Hayır!" diyerek düzeltti onu. "Kitabın ismi *Mızıkçı Rüzgâr ve Mızıkacı Karahindiba* olsaymış daha iyi olurmuş bence."

Rüzgâr heyecanla sesin kimden geldiğine bakınırken çimenlerin üzerinde bir de ne görsün? Ufacık bir bulut kafa, toprağına sıkıca tutunmuş bakıyordu ona...

Gözleri dolmuştu Rüzgâr'ın. Sürekli soru soran, geveze bir karahindibayla zor baş etmişti bir zamanlar... Bir gezegen dolusu geveze karahindibayla nasıl baş edilirdi?

Gülümsedi...

Artık her rüzgârın bir karahindibası vardı...

Kim bilir
belki de bir kitap dolusu masal
bir gezegenin kaderini değiştirebilirdi...

18. Adım

Karahindiba: Rüzgâr, bu masalın kahramanı kim?

Rüzgâr: ...

19. Adım